· 语文阅读推荐 ·

叶圣陶散文

叶圣陶／著　商金林／编选

人民文学出版社

图书在版编目(CIP)数据

叶圣陶散文/叶圣陶著;商金林编选.—北京:人民文学出版社,2018(2024.12重印)

(语文阅读推荐丛书)

ISBN 978-7-02-014265-1

Ⅰ.①叶… Ⅱ.①叶… ②商… Ⅲ.①散文集—中国—现代 Ⅳ.①I266

中国版本图书馆 CIP 数据核字(2020)第 138907 号

责任编辑　刘　伟
装帧设计　李思安　崔欣晔
责任校对　李　雪
责任印制　王重艺

出版发行　人民文学出版社
社　　址　北京市朝内大街 166 号
邮政编码　100705

印　　刷　侨友印刷(河北)有限公司
经　　销　全国新华书店等

字　　数　130 千字
开　　本　650 毫米×920 毫米　1/16
印　　张　12.5　插页 1
印　　数　80001—83000
版　　次　2018 年 6 月北京第 1 版
印　　次　2024 年 12 月第 18 次印刷

书　　号　978-7-02-014265-1
定　　价　23.00 元

如有印装质量问题,请与本社图书销售中心调换。电话:010-65233595

出 版 说 明

　　从2017年9月开始,在国家统一部署下,全国中小学陆续启用了教育部统编语文教科书。统编语文教科书加强了中国优秀传统文化教育、革命传统教育以及社会主义先进文化教育的内容,更加注重立德树人,鼓励学生通过大量阅读提升语文素养、涵养人文精神。人民文学出版社是新中国成立最早的大型文学专业出版机构,长期坚持以传播优秀文化为己任,立足经典,注重创新,在中外文学出版方面积累了丰厚的资源。为配合国家部署,充分发挥自身优势,为广大学生课外阅读提供服务,我社在总结以往经验的基础上,邀请专家名师,经过认真讨论、深入调研,推出了这套"语文阅读推荐丛书"。丛书收入图书百余种,绝大部分都是中小学语文课程标准和统编语文教科书推荐阅读书目,并根据阅读需要有所拓展,基本涵盖了古今中外主要的文学经典,完全能满足学生成长过程中的阅读需要,对增强孩子的语文能力,提升写作水平,都有帮助。本丛书依据的都是我社多年积累的优秀版本,品种齐全,编校精良。每书的卷首配导读文字,介绍作者生平、写作背景、作品成就与特点;卷末附知识链接,提示知识要点。

　　在丛书编辑出版过程中,统编语文教科书总主编温儒敏教授,给予了"去课程化"和帮助学生建立"阅读契约"的指导性意见,即尊重孩子的个性化阅读感受,引导他们把阅读变成一种兴趣。所以本丛书严格保证作品内容的完整性和结构的连续性,既不随意删改作品内容,也不破坏作品结构,随文安插干扰阅读的多余元素。相信这套丛书会成为广大中小学生的良师益友和家庭必备藏书。

人民文学出版社编辑部

2018 年 3 月

目　次

导读 …………………………………………………… 1

没有秋虫的地方 …………………………………… 1
藕与莼菜 …………………………………………… 3
客语 ………………………………………………… 6
卖白果 ……………………………………………… 12
暮 …………………………………………………… 15
五月三十一日急雨中 ……………………………… 19
记佩弦来沪 ………………………………………… 23
白采 ………………………………………………… 28
两法师 ……………………………………………… 31
过去随谈 …………………………………………… 39
做了父亲 …………………………………………… 47
牵牛花 ……………………………………………… 51
看月 ………………………………………………… 53
中年人 ……………………………………………… 55
苏州"光复" ………………………………………… 58
薪工 ………………………………………………… 61

捐枪的生活	63
说书	67
昆曲	71
天井里的种植	75
近来得到的几种赠品	80
过节	84
记游洞庭西山	86
假山	91
弘一法师的书法	96
乐山被炸	98
答复朋友们	102
"八一三"随笔	105
谈成都的树木	108
"胜利日"随笔	111
我坐了木船	114
开明书店二十周年	117
佩弦的死讯	121
荣宝斋的彩色木刻画	125
游了三个湖	133
景泰蓝的制作	140
记金华的两个岩洞	145
听评弹小记	150
俞曲园先生和曲园	153
我钦新凤霞	156
子恺的画	159
从《扬州园林》说起	163

《苏州园林》序 ………………………………………… *169*

知识链接 …………………………………………… *173*

导　读

　　叶圣陶(1894—1988)原名绍钧,字圣陶,1894年10月28日诞生于苏州城内悬桥巷一个平民家庭,1912年中学毕业后担任小学教员。1918年试用白话作新小说,写新诗。1919年加入新潮社。1921年文学研究会成立,为发起人之一,与沈雁冰、郑振铎等共同筹办文学研究会会刊《文学周报》,出版文学研究会丛书。1922年,与刘延陵、朱自清、俞平伯创办《诗》月刊。1923年春任商务印书馆国文部编辑。1927年,代赴欧游学之郑振铎主编《小说月报》。1931年,进入开明书店,主编《中学生》杂志。1942年,主编成都《国文杂志》和桂林《国文杂志》。1946年,被中华全国文艺界协会推选为常务理事兼总务部主任,接替老舍主持文协的日常工作,主编文协会刊《中国作家》。1949年春任华北人民政府教科书编审委员会主任。新中国成立后被任命为出版总署副署长和教育部副部长,并长期担任人民教育出版社社长兼总编辑。

　　叶圣陶是我国近现代史上著名的作家、教育家、编辑出版家和社会活动家。茅盾盛赞他的短篇小说集《隔膜》《火灾》等,

"实为中国新小说坚固的基石";"扛鼎"之作《倪焕之》的出版,标志着我国现代长篇小说走向成熟。鲁迅盛赞叶圣陶童话集《稻草人》,"给中国童话开了一条自己创作的路"。郁达夫认为叶圣陶的散文令人有"脚踏实地,造次不苟"的艺术风格,"一般的高中学生,要取作散文的模范,当以叶绍钧氏的作品最为适当"。

郁达夫称颂的叶圣陶的散文,指的是始于1917年的"新文学的散文"。从1917至1949年三十多年间,叶圣陶先后出版过《剑鞘》(与俞平伯合著,霜枫社出版,1924年)、《脚步集》(上海新中国图书局出版,1931年)、《未厌居习作》(上海开明书店出版,1935年)、《西川集》(重庆文光书店出版,1945年)等四本散文集。而分散在各种报刊上的散文比已经收进集子的多一二十倍。现已编入《叶圣陶集》第五、六两卷。

作为一个作家,要使自己的作品成为引领民众前进的灯火,作为一名教育工作者,要使学生成为德智体美全面发展的新人,作为一名编辑出版工作者,要使自己主编的书籍报刊能吸引读者,就必须有"一双透彻观世的眼睛",真切地感知人生,对社会的风风雨雨都要"触景生情"。也正是因为这样,叶圣陶的散文写的都是他在那个年代的亲历见闻和思绪。就重大事件而言,叶圣陶写到了辛亥革命、"五四"运动、"五卅"运动、"三·一八"惨案、"四·一二"惨案,以及"九·一八"、"一·二八"、"七·七"、"八·一三"、"抗战胜利日"、"中国人民站起来了"等许多重大事件。这些重大事件,其他许许多多作家也都抒写过,倘若把同时代写同一事件的散文排列在一起观摩,就不难看出叶圣陶的散文是我国社会"一鳞半爪"的写照,有重要的史料价值，叶圣陶的思想情感总与同时代的一部分文化人相共鸣，以致形成了一种思想或思潮。

散文离不开写人。叶圣陶写人，不借助想象，每个人物都是从真实的生活中描绘出来的。无论是"慌忙"的"永远的旅人的颜色"的散文大家朱自清，还是落落寡合的诗人兼画家的白采，还是"深深尝了世间味，探了艺术之宫的，却回过来过那种通常以为枯寂的持律念佛的生活"的弘一法师，也无论是"别有一种健康的美的风致"，挑着一担"盛着鲜嫩的玉色的长节的藕"，沿街叫卖的村姑，还是身着"粗布的短衫"，坚信中国人只要"心齐"，就什么也不怕的"露着胸"的工人，还是打自"五卅惨案"发生后脸上就"退隐了"清秀的颜色，"换上了北地壮士的苍劲"的青年学子，都栩栩如生，呼之欲出。他笔下的艺术家、教育家、革命家、宗教家，以及农夫、村姑、牧童、绅富，都打上了鲜明的时代烙印，各有各的外貌，各有各的内心，汇集在一起就构成了那个时代中国社会特有的阶层和群体。

从真实的生活中描绘出来，并不是照搬生活，而是把真实的生活中的种种素材加以提炼，取其精华，这就需要有"鉴识的工夫"。塑造人物，要有"鉴识的工夫"。描写景物，也得要有"鉴识的工夫"。大千世界中的行云流水、花花草草、鸟兽鱼虫，并不仅仅是让我们来欣赏的，而是让我们在欣赏的同时或者说是在欣赏的过程中"移情"的，用叶圣陶的话说，这就叫"良辰入奇怀"。"寻常的襟怀未必能发见'良辰'，必须是'奇怀'"；也就是"嗜好与人异酸咸"，是"我"独有的情怀。中间缀的这一个"入"字，是动感的，不是被动的，只有"入"，才"来得圆融，来得深至"（《"良辰入奇怀"》）。我们看叶圣陶笔下的"良辰"，无论是山水、名胜、街市、园林、里巷、村落、田野,还是晴空、轻风、急雨、月色、烛光、飞鸟、游鱼,都与"情"紧紧地浑成圆融,"良辰"活泼泼地充溢于"奇怀"之中,"奇怀"清澈地沉浸在"良辰"之中,"以心接物"、"心与物和,合而为一"(《关于谈文学修养》)。这里援引叶圣陶《没有秋虫的地方》中的两小段:

> 大概我们所祈求的不在于某种味道,只要时时有点儿味道尝尝,就自诩为生活不空虚了。假若这味道是甜美的,我们固然含着笑来体味它;若是酸苦的,我们也要皱着眉头来辨尝它:这总比淡漠无味胜过百倍。我们以为最难堪而亟欲逃避的,唯有这个淡漠无味!

> 所以心如槁木不如工愁多感,迷蒙的醒不如热烈的梦,一口苦水胜于一盏白汤,一场痛哭胜于哀乐两忘。这里并不是说愉快乐观是要不得的,清健的醒是不必求的,甜汤是罪恶的,狂笑是魔道的;这里只是说有味远胜于淡漠罢了。

从表面看,《没有秋虫的地方》表现的是作者对于枯燥乏味的都市庭院生活的厌弃,对乡村充满牧歌情调生活的向往。透过对"那足以感动心情"的秋虫的合奏的礼赞、对秋虫"众妙毕集,各抒灵趣"的"人间绝响"的描述,反衬没有秋虫的地方的沉寂和死静。这正是作者的"奇怀"所在,借此表达是对于冷漠的人生和"死水"般的旧中国的诅咒,对充满"爱"和"生趣"的新生活的呼唤。在写到种树栽花的散文中,《谈成都的树木》值得玩赏,现援引文中两小节:

> ……大概种树栽花离不开绘画的观点。绘画不贵乎全幅填满了花花叶叶。画面花木的姿态的美,加上所留出的

空隙的形象的美,才成一幅纯美的作品。

　　根据绘画的观点看,庭园的花木不如野间的老树。老树经历了悠久的岁月,所受自然的剪裁往往为专门园艺家所不及,有的竟可以说全无败笔。当春新绿芄葱,生意盎然,入秋枯叶半脱,意致萧爽,观玩之下,不但领略他的形象之美,更可以了悟若干人生境界。我在新西门外,住过两年,又常常往茶店子,从田野间来回,几株中意的老树已成熟朋友,看着吟味着,消解了我的独行的寂寞和疲劳。

散文写的是"绘画的观点"和"野间的老树",抒发的却是"若干人生境界"。简略一点说就是不要太满,得"留一点儿空隙";不要像"庭园的花木"听凭园艺家的"剪裁",要像"野间的老树"那样,在风霜雨雪中"受自然的剪裁",这才会有可让人欣赏的"形象之美"和鲜活的"精神"和神韵,读来启人心智。

文章写得好,当然要全凭这种"鉴识的工夫"。而要获得这种"鉴识的工夫",不仅要真诚地忠于人生,"把仰望的双眼移到地面",还得要具备相应的修养、学识和襟怀。叶圣陶有着怎样的修养、学识和襟怀呢?且看《薪工》中的两小节:

　　我接在手里,重重的。白亮的银片连成一段,似乎很长,仿佛一时间难以数清片数。这该是我收受的吗?我收受这许多不太僭越吗?这样的疑问并不清楚地意识着,只是一种模糊的感觉通过我的全身,使我无所措地瞪视手里的银元,又抬起眼来瞪视校长先生的毫无感情的瘦脸。

> ……一切的享受都货真价实,是大众给我的,而我给大众的也能货真价实,不同于肥皂泡儿吗?这是很难断言的。

这是1912年3月,叶圣陶第一次领薪水时的心情,当年他才过十八岁,当了小学教员,月薪二十枚银元。这之后,叶圣陶说他每月收到薪水时总有一种"僭越之感",总觉得自己对社会贡献太少。抗战期间,举家逃难,旅居四川八年,吃尽千辛万苦,多次与死神擦肩而过。1945年庆祝抗战胜利日那天,叶圣陶写了《"胜利日"随笔》,文章中说:

> 我愧对牺牲在战场上的士兵同胞,愧对牺牲在战场上的盟军。
>
> 我愧对挟了两个拐棍,拖了一条腿,在东街西巷要人帮忙的"荣誉军人"。
>
> 我愧对筑公路修飞机场的"白骨"与"残生"。
>
> 我愧对拿出了一切来的农民同胞。
>
> 我愧对在敌后与沦陷区,坚守着自己生长的那块土地,给敌人种种阻挠,不让他们占丝毫便宜,同时自己也壮健地成长起来的各界同胞。

抗战胜利以后,叶圣陶归心似箭,想早日与阔别八年留在上海的亲友们会面。可当时"复员"的人太多,交通工具缺乏,要弄到飞机票或轮船票,非得去走门路托人情不可,叶圣陶向来不喜欢这一套,就放大胆子冒着翻船和遭劫的危险,雇了木船,全家人从重庆乘木船回上海。"东归"途中经历了"漏水"、"损舵"、"折棹"、"撞船"、"触礁"、"搁浅",以及"驾长"逃逸等种种磨难。他在《我坐了木船》一文中写道:

要坐轮船坐飞机,自然也有办法。只要往各方去请托,找关系,或者干脆买张黑票。先说黑票,且不谈付出超过定额的钱,力有不及,心有不甘,单单一个"黑"字,就叫你不愿领教。"黑"字表示作弊,表示越出常轨,你买黑票,无异帮同作弊,赞助越出常轨。一个人既不能独个儿转移风气,也该在消极方面有所自守,帮同作弊,赞助越出常轨的事儿,总可以免了吧。——这自然是书生之见,不值通达的人一笑。

仅从援引的这几节文字,读者朋友便可清楚地看到叶圣陶是个"至善、至真、至美","极清、极洁、极纯"的人,具有完美的人格,这就难怪他写的散文特别亲切、素朴、细腻、清新、诚挚而富有卓识。纵观叶圣陶在新中国成立之前写的散文,史笔与文笔并重,寓实感于美感之中。既正视现实,直面生活,敢于针砭时弊,又因材而异,精心设计,在艺术上惨淡经营。他的散文写了不同的内容,运用了不同的表现手法,抒写了不同的情感,从而形成了多姿多彩的艺术风格。

新中国建立以后,叶圣陶在繁忙的工作之余,写了大量的散文。天津百花文艺出版社1958年出版的《小记十篇》,展示了叶圣陶解放后游记散文的基本风貌。在1953至1957年的五年间,叶圣陶先后到临潼、雁塔、西安、兰州、雁滩、杭州、南京、无锡、黄山、金华等地游览访问,祖国的山山水水,以及社会主义革命和建设欣欣向荣的景象,激发了他的创作激情。叶圣陶浮想联翩,用精细的笔墨,广博的知识,丰富的经历,欣悦欢快的情思,记叙了各地的地理概貌、历史传说、今昔对比、人情风俗,以及他在游览访问中的感兴。

"文革"结束后,叶圣陶散文创作进入了一个新的丰收期。1978到1988这十年间的散文,比前三十年(1949至1978)的散文还多,内容大致分为四类:谈教育、谈语文教育、为朋友集子写的序跋、表彰新人以及追怀亲朋好友。北京三联书店1984年出版的《叶圣陶散文乙集》,收录了叶圣陶在解放后的散文一百八十九篇,这是继《小记十篇》之后的第二本散文选集。汇集在《叶圣陶散文乙集》中的散文已经到了炉火纯青的境界。叶圣陶早年曾对散文作家提出过严格的要求,他在《读者的话》中说:

> 我要求你们的工作完全表现你们自己,不仅是一种主张,一个意思要是你们的,便是细到像游丝的一缕情怀,低到像落叶的一声叹息,也要让我认得出是你们的,而不是旁的人的。

这是对艺术风格和创作个性的高度要求,叶圣陶是做到了的。尤其是他晚年的散文,艺术上更加精湛,呈现出一种"纯洁"的美:刻画深细,但没有题外的枝节;用字务求明晰,删芟一切装点;行文舒卷自如,温和中寓有丰富的情感,凝重而又亲切,读之如得面晤。像《我钦新凤霞》、《子恺的画》、《从〈扬州园林〉说起》、《〈苏州园林〉序》诸篇,都是散文中的极品。

商 金 林

没有秋虫的地方

阶前看不见一茎绿草,窗外望不见一只蝴蝶,谁说是鹁鸽箱里的生活,鹁鸽未必这样枯燥无味呢。

秋天来了,记忆就轻轻提示道:"凄凄切切的秋虫又要响起来了。"可是一点影响也没有,邻舍儿啼人闹弦歌杂作的深夜,街上轮震石响邪许并起的清晨,无论你靠着枕头听,凭着窗沿听,甚至贴着墙角听,总听不到一丝秋虫的声息。并不是被那些欢乐的劳困的宏大的清亮的声音淹没了,以致听不出来,乃是这里根本没有秋虫。啊,不容留秋虫的地方!秋虫所不屑居留的地方!

若是在鄙野的乡间,这时候满耳朵是虫声了。白天与夜间一样地安闲;一切人物或动或静,都有自得之趣;嫩暖的阳光和轻淡的云影覆盖在场上,到夜呢,明耀的星月和轻微的凉风看守着整夜,在这境界这时间里唯一足以感动心情的就是秋虫的合奏。它们高低宏细疾徐作歇,仿佛经过乐师的精心训练,所以这样地无可批评,踌躇满志。其实它们每一个都是神妙的乐师;众妙毕集,各抒灵趣,哪有不成人间绝响的呢。

虽然这些虫声会引起劳人的感叹,秋士的伤怀,独客的微喟,思妇的低泣;但是这正是无上的美的境界,绝好的自然诗篇,不独是旁人最喜欢吟味的,就是当境者也感受一种酸酸的麻麻的味道,这种味道在另一方面是非常隽永的。

大概我们所祈求的不在于某种味道,只要时时有点儿味道尝尝,就自诩为生活不空虚了。假若这味道是甜美的,我们固然含着笑来体味它;若是酸苦的,我们也要皱着眉头来辨尝它:这总比淡漠无味胜过百倍。我们以为最难堪而亟欲逃避的,唯有这个淡漠无味!

所以心如槁木不如工愁多感,迷蒙的醒不如热烈的梦,一口苦水胜于一盏白汤,一场痛哭胜于哀乐两忘。这里并不是说愉快乐观是要不得的,清健的醒是不必求的,甜汤是罪恶的,狂笑是魔道的;这里只是说有味远胜于淡漠罢了。

所以虫声终于是足系恋念的东西。何况劳人秋士独客思妇以外还有无量数的人。他们当然也是酷嗜趣味的,当这凉意微逗的时候,谁能不忆起那美妙的秋之音乐?

可是没有,绝对没有!井底似的庭院,铅色的水门汀地,秋虫早已避去唯恐不速了。而我们没有它们的翅膀与大腿,不能飞又不能跳,还是死守在这里。想到"井底"与"铅色",觉得象征的意味丰富极了。

1923 年 8 月 31 日作

(原载 1923 年 9 月 3 日上海《时事新报·文学周刊》第 86 期)

藕与莼菜

　　同朋友喝酒,嚼着薄片的雪藕,忽然怀念起故乡来了。若在故乡,每当新秋的早晨,门前经过许多乡人:男的紫赤的胳膊和小腿肌肉突起,躯干高大且挺直,使人起健康的感觉;女的往往裹着白地青花的头巾,虽然赤脚,却穿短短的夏布裙,躯干固然不及男的那样高,但是别有一种健康的美的风致;他们各挑着一副担子,盛着鲜嫩的玉色的长节的藕。在产藕的池塘里,在城外曲曲弯弯的小河边,他们把这些藕一再洗濯,所以这样洁白。仿佛他们以为这是供人品味的珍品,这是清晨的画境里的重要题材,倘若涂满污泥,就把人家欣赏的浑凝之感打破了;这是一件罪过的事,他们不愿意担在身上,故而先把它们洗濯得这样洁白,才挑进城里来。他们要稍稍休息的时候,就把竹扁担横在地上,自己坐在上面,随便拣择担里过嫩的"藕枪"或是较老的"藕朴",大口地嚼着解渴。过路的人就站住了,红衣衫的小姑娘拣一节,白头发的老公公买两支。清淡的甘美的滋味于是普遍于家家户户了。这样情形差不多是平常的日课,直到叶落秋深的时候。

在这里上海,藕这东西几乎是珍品了。大概也是从我们故乡运来的。但是数量不多,自有那些伺候豪华公子硕腹巨贾的帮闲茶房们把大部分抢去了;其余的就要供在较大的水果铺里,位置在金山苹果吕宋香芒之间,专待善价而沽。至于挑着担子在街上叫卖的,也并不是没有,但不是瘦得像乞丐的臂和腿,就是涩得像未熟的柿子,实在无从欣羡。因此,除了仅有的一回,我们今年竟不曾吃过藕。

这仅有的一回不是买来吃的,是邻舍送给我们吃的。他们也不是自己买的,是从故乡来的亲戚带来的。这藕离开它的家乡大约有好些时候了,所以不复呈玉样的颜色,却满被着许多锈斑。削去皮的时候,刀锋过处,很不爽利。切成片送进嘴里嚼着,有些儿甘味,但是没有那种鲜嫩的感觉,而且似乎含了满口的渣,第二片就不想吃了。只有孩子很高兴,他把这许多片嚼完,居然有半点钟工夫不再作别的要求。

想起了藕就联想到莼菜。在故乡的春天,几乎天天吃莼菜。莼菜本身没有味道,味道全在于好的汤。但是嫩绿的颜色与丰富的诗意,无味之味真足令人心醉。在每条街旁的小河里,石埠头总歇着一两条没篷的船,满舱盛着莼菜,是从太湖里捞来的。取得这样方便,当然能日餐一碗了。

而在这里上海又不然,非上馆子就难以吃到这东西。我们当然不上馆子,偶然有一两回去叨扰朋友的酒席,恰又不是莼菜上市的时候,所以今年竟不曾吃过。直到最近,伯祥的杭州亲戚来了,送他瓶装的西湖莼菜,他送给我一瓶,我才算也尝了新。

向来不恋故乡的我,想到这里,觉得故乡可爱极了。我自己也不明白,为什么会起这么深浓的情绪?再一思索,实在很浅显:因为在故乡有所恋,而所恋又只在故乡有,就萦系着不能割舍了。譬如亲密的家人在那里,知心的朋友在那里,怎得不恋恋?怎得不怀念?但是仅仅为了爱故乡么?不是的,不过在故乡的几个人把我们牵系着罢了。若无所牵系,更何所恋念?像我现在,偶然被藕与莼菜所牵系,所以就怀念起故乡来了。

所恋在哪里,那里就是我们的故乡了。

1923年9月7日作

(原载1923年9月10日上海《时事新报·文学周刊》第87期)

客　语

　　侥幸万分的竟然是晴明的正午的离别。

　　"一切都安适了,上岸回去吧,快要到开行的时刻了。"似乎很勇敢地说了出来,其实呢,处此境地,就不得不说这样的话。但也不是全不出于本心。梨与香蕉已经买来给我了,话是没有什么可说了;夫役的扰攘,小舱的郁蒸,又不是什么足以赏心的;默默地挤在一起,徒然把无形的凄心的网织得更密罢了:何如早点儿就别了呢?

　　不可自解的是却要送到船栏边,而且不止于此,还要走下扶梯送到岸上。自己不是快要起程的旅客么?竟然充起主人来。主人送了客,回头踱进自己的屋子,看见自己的人。可是现在——现在的回头呢?

　　并不是懦怯,自然而然看着别的地方,答应"快写信来"那些嘱咐。于是被送的转身举步了。也不觉得什么,只仿佛心里突然一空似的(老实说,摹写不出了)。随后想起应该上船,便跨上扶梯;同时用十个指头梳满头散乱的头发。

　　倚着船栏,看岸上的人去得不远,而且正回身向这里招手。

自己的右手不待命令，也就飞扬跋扈地舞动于头顶之上。忽地觉得这刹那间这个境界很美，颇堪体会。待再望岸上人，却已没有踪迹，大概拐了弯赶电车去了。

　　没有经验的想象往往是外行的，待到证实，不免自己好笑。起初以为一出吴淞口便是苍茫无际的海天，山头似的波浪打到船上来，散为裂帛与抛珠，所以只是靠着船栏等着。谁知出了口还是似尽又来的沙滩，还是一抹连绵的青山，水依然这么平，船依然这么稳。若说眼界，未必开阔了多少，却觉空虚了好些；若说趣味，也不过与乘内河小汽轮一样。于是失望地回到舱里，爬上上层自己的铺位，只好看书消遣。下层那位先生早已有时而猝发的鼾声了。

　　实在没有看多少页书，不知怎么也朦胧起来了。只有用这"朦胧"二字最确切，因为并不是睡着，汽机的声音和船身的微荡，我都能够觉知，但仅仅是觉知，再没有一点思想一毫情绪。这朦胧仿佛剧烈的醉，过了今夜，又是明朝，只是不醒，除了必要坐起来几回，如吃些饼干牛肉香蕉之类，也就任其自然——连续地朦胧着。

　　这不是摇篮里的生活么？婴儿时的经验固然无从回忆，但是这样只有觉知而没有思想没有情绪，该有点儿相像吧。自然，所谓离思也暂时给假了。

　　向来不曾亲近江山的，到此却觉得趣味丰富极了。书室的窗外，只隔一片草场，闲闲地流着闽江。彼岸的山绵延重叠，有时露出青翠的新妆，有时披上轻薄的雾帔，有时不知从什么地方来了好些云，却与山通起家来，于是更见得那些山郁郁然有奇观了。窗外这草场差不多是几十头羊与十条牛的领土。看守羊群的人似乎不主张放任主义的,他的部民才吃了一顿,立即用竹竿驱策着,叫它们回去。时时听得仿佛有几个人在那里割草的声音,便想到这十头牛特别自由,还是在场中游散。天天喝的就是它们的奶,又白又浓又香,真是无上的恩惠。

卧室的窗对着山麓,望去有裸露的黑石,有矮矮的松林,有泉水冲过的涧道。间或有一两个人在山顶上樵采,形体藐小极了,看他们在那里运动着,便约略听得微茫的干草瑟瑟的声响。这仿佛是古代的幽人的境界,在什么诗篇什么画幅里边遇见过的。暂时充当古代的幽人,当然有些新鲜的滋味。

月亮还在山的那边,仰望山谷,苍苍的,暗暗的,更见得深郁。一阵风起,总是锐利的一声呼啸一般,接着便是一派松涛。忽然忆起童年的情景来:那一回与同学们远足天平山,就在高义园借宿,稻草衬着褥子,横横竖竖地躺在地上。半夜里醒来了,一点儿光都没有,只听得洪流奔放似的声音,这声音差不多把一切包裹起来了;身体颇觉寒冷,因而把被头裹得更紧些。从此再也不想睡,直到天明,只是细辨那喧而弥静静而弥旨的滋味。三十年来,所谓山居就只有这么一回。而现在又听到这声音了,虽然没有那夜那么宏大,但是往后的风信正多,且将常常更甚地听到呢。只不知童年的那种欣赏的心情能够永永持续否……

这里有秋虫,有很多的秋虫,没有秋虫的地方究竟是该诅咒的例外。躺在床上听听,真是奇妙的合奏,有时很繁碎,有时很凝集,而总觉得恰合刚好,足以娱耳。中间有一种不知名的虫,它们的声音响亮而曼长,像是弦乐,而且引起人家一种想象,仿佛见到一位乐人在那里徐按慢抽地演奏。

松声与虫声渐渐地轻微又轻微,终于消失了……

仓前山差不多一座花园,一条路,一丛花,一所房屋,一个车夫,都有诗意。尤其可爱的是晚阳淡淡的时候,礼拜堂里送出一声钟响,绿荫下走过几个张着花纸伞的女郎。

跟着绍虞夫妇前山后山地走,认识了两相仿佛的荔枝树与龙眼树,也认识了长髯飘飘的生着气根的榕树,眺望了我们所住的那座山,又看了胭脂似的西边的暮云,于是坐在路旁的砖砌的矮栏上休息。渐渐地四围昏暗了,远处的山只像几笔极淡的墨痕染渍在灰色的纸上。乡间的女人匆匆地归去,走过我们身边,很自然地向我们看一看。那种浑朴的意态,那种奇异的装束(最足注目的是三支很长的银发钗,像三把小剑,两横一竖地把发髻拢住,我想,两个人并肩走时,横插的剑锋会划着旁人的头皮),都使我想到古代的人。同时又想,什么现代精神,什么种种的纠纷,都渺茫得像此刻的远山一样,仿佛沉在梦幻里了。

中秋夜没有月,这倒很好,我本来不希望看什么中秋月。与平常没有月亮的晚上一样,关在书室里,就美孚灯光下做了一点儿功课,就去睡了。

第二天的傍晚,满天是云,江面黯然。西风震动窗棂,"吉格"作响。突然觉得寂寥起来,似乎无论怎样都不好。但是又不能什么都不,总要在这样那样里占其一,这时候我占的是倚窗怅望。然而怅望又有什么意思呢?

绍虞似乎有点儿揣度得出,他走来邀我到江边去散步。水波被滩石所挡,激触有声。还有广遍而轻轻的风一般的音响平铺在江面上,潮水又退出去了。便随口念旧时的诗句:"潮声应未改,客绪已频更。"七年以前,我送墨林去南通。出得城来,在江滨的客店里歇宿候船,却成了独客。荒凉的江滨晚景已够叫人怅怅,又况是离别开始的一晚,真觉得百无一可了。聊学雅人口占一诗,藉以排遣。现在这两句就是这一首诗里的。唉,又是潮声,又是客绪!

所谓客绪,正像冬天的浓云一般,风吹不散,只是越凝集越厚,散步的药又有什么用处。回到屋里,天差不多黑了,我们暂时不点火,就在昏暗中坐下。我说:"介泉在北京常说,在暮色苍茫之际,炉火微明,默然小坐,别有滋味。"绍虞接应了一声就不响了。很奇怪,何以我和他的声音都特别寂寞,仿佛在一个广大的永寂的虚空中,仅仅荡漾着这一些声音,音波散了,便又回复它的永寂。

想来介泉所说的滋味,一定带着酸的。他说"别有",诚然是"别有",我能够体会他的意思了。

点灯以后,居然送来了切盼而难得的邮件,昨天有一艘轮船到这里了。看了第一封,又把心挤得紧一点。第二封是平伯的,他提起我前几天作的一篇杂记,说:"……此等事终于无可奈何,不呻吟固不可,作呻吟又觉陷于怯弱。总之,无一而可,这是实话。……"

似乎觉得这确是怯弱,不要呻吟吧。

但是还要去想,呻吟为了什么?恋恋于故乡么?故乡之足以恋恋的,差不多只有藕与莼菜这些东西了,又何至于呻吟?恋恋于鹁鸽箱似的都市里的寓居么?既非鹁鸽,又何至于因为飞开了而呻吟？老实地说，简括地说，只因一种愿与最爱与同居的人同居的心情，忽然不得满足罢了。除了与最爱与同居的人同居，人间的趣味在哪里？因为不得满足而呻吟，正是至诚的话，有什么怯弱不怯弱？那么，又何必不要呻吟呢？

呻吟的心本来如已着了火的燃料，浓烟郁结，正待发焰。平伯的信恰如一根火柴，就近一引，于是炽盛地燃烧起来了……

1923 年 10 月 1 日作

（原载 1923 年 10 月 8 日上海《时事新报·文学周刊》第 91 期）

卖 白 果

总弄里边不知不觉笼上昏黄的暮色,一列电灯亮起来了。三三两两的男子和妇女站在各弄的口头,似乎很正经的样子,不知在谈些什么。几个孩子,穿鞋没拔上跟,他们互相追赶,鞋底擦着水门汀地,作"替替"的音响。

这时候,一个挑担的慢慢地走进弄来,他向左右观看,顿一顿再向前走两三步。他探认主顾的习惯就是如此。主顾确是必须探认的,不然,挑着担子出来难道是闲耍么?走到第四弄的口头,他把担子歇下来了。我们试看看他的担子。后头有一个木桶,盖着盖子,看不见盛的是什么东西。前头却很有趣,装着个小小的炉子,同我们烹茶用的差不多,上面承着一只小镬子;瓣状的火焰从镬子旁边舔出来,烧得不很旺。在这暮色已浓的弄口,便构成个异样的情景。

他开了镬子的盖子,用一爿蚌壳在镬子里拨动,同时不很协调地唱起来了:"新鲜热白果,要买就来数。"发音很高,又含有急促的意味。这一唱影响可不小,左弄右弄里的小孩子陆续奔出来了,他们已经神往于镬子里的小颗粒,大人在后面喊着慢点儿跑的声音，对于他们只是微茫的喃喃了。

据平昔的经验，听到叫卖白果的声音时，新凉已经接替了酷暑；扇子虽不至于就此遭到捐弃，总不是十二分时髦的了；因此，这叫卖声里似乎带着一阵凉意。今年入秋转热，回家来什么也不做，还是气闷，还是出汗。正在默默相对，仿佛要叹息着说莫可奈何之际，忽然送来这么带着凉意的一声两声，引起我片刻的幻想的快感，我真要感谢了。

这声音又使我回想到故乡的卖白果的。做这营生的当然不只是一个，但叫卖的声调却大致相似，悠扬而轻清，恰配作新凉的象征；比较这里上海的卖白果的叫卖声有味得多了。他们的唱句差不多成为儿歌，我小时候曾经受教于大人，也摹仿着他们的声调唱：

　　烫手热白果，
　　香又香来糯又糯；
　　一个铜钱买三颗，
　　三个铜钱买十颗。
　　要买就来数，
　　不买就挑过。

这真是粗俗的通常话，可是在静寂的夜间的深巷中，这样不徐不疾，不刚劲也不太柔软地唱出来，简直可以使人息心静虑，沉入享受美感的境界。本来，除开文艺，单从声音方面讲，凡是工人所唱的一切的歌，小贩呼唤的一切叫卖声，以及戏台上红面孔白面孔青衫长胡子所唱的戏曲，中间都颇有足以移情的。我们不必辨认他们唱的是些什么话，含着什么意思，单就那调声的抑扬徐疾送渡转折等等去吟味；也不必如考据家内行家那样用心，推究某种俚歌源于什么，某种腔调是从前某老板的新声，特别可贵；只取足以悦我们的耳的，就多听它一会；这样，也就可以获得不少赏美的乐趣。如果歌唱的也就是极好的文艺，那当然更好，原是不待说明的。

这里上海的卖白果的叫卖声所以不及我故乡的，声调不怎么好自然是主因，而里中欠静寂，没有给它衬托，也有关系。弄里的零零碎碎的杂声，弄外马路上的汽车声，工厂里的机器声，搅和在一起，就无所谓静寂了。即使是神妙的音乐家，在这境界中演奏他生平的绝艺，也要打个很大的折扣，何况是不足道的卖白果的叫卖声呢。

但是它能引起我片刻的幻想的快感，总是可以感谢而且值得称道的。

1924 年 8 月 22 日作

（原载 1924 年 8 月 25 日上海《时事新报·文学周刊》第 136 期）

暮

西窗的斜阳才欲退隐,所有的色彩似乎暗淡了一点。主人翁觉得不耐了,"来,把灯开了!"拍的一旋,成串挂着的电灯如同闭了眼好久骤然张开似地一耀,什么都仿佛涂上了一层油彩。谁说这不是快适的享用,文明生活这个题目中的应有之义呢?

那工场中的地下室,围困在几百间房间里的单人客舍,百货商店的柜台橱架之间,以及沉没在烟里雾里的什么什么铺子和人家,电灯成日成夜地亮着,简直把大地运转的痕迹抹掉了。这是个实际问题,暗了必得它亮;否则为着生存,为着生存(写到第二个"为着",以为总该换一个别的,却觉得只有"为着生存"最妥当,所以又写了一个;就此为止,不再写第三个了)的种种活动不就停顿了么?

我不反对有快适的享用的文明生活,实际问题尤其无可反对。但是我不禁为处于这等境界中的人惋惜,他们有的是优游的,有的是劳顿的,却同样地失去了一种足以吟味的美妙的诗境了。有如对于音乐一般,某甲则心领而神会,某乙却无异对琴之牛:感受与不感受固截然有别,即使感受,又大有程度之差;然而没有音乐送到耳边,始终不给你接触的机会,这无论在某甲某乙,都该是一个缺憾吧。

这种美妙的诗境就是"暮"。

所谓暮者,乃指太阳已没到地平线之下,而黑暗的幕还没有拉拢来,一切景物承着太阳的残余的弱光这期间。这自然不是"斜阳暮"了。在这时候,我们可以玩味那暮的特有的颜色。充满空际的是淡淡的青。若比晴朗的长天,没有那么明;若比清澄的湖水,没有那么活:这是微暗的,轻凝的,朦胧的,有如卷烟徐徐袅起的烟缕,又叫人想起堆在枕旁的美人的蓬松的长发。这青色蒙上屋檐、窗棂、庭树、盆花,以及平田、长河、密林、乱山等等,任是不协调的也给调和了,消融了各具的轮廓和色彩,在神秘的苍茫中凝合为一气。

自然,我们也给这青色蒙住了,若从超人间的什么眼看来,我们就在这一气之中,正如一滴水之于大海。但是我们有我们的我执,便觉这淡淡的青有一种压迫的力量,轻轻的,十二分轻轻的,然而总会叫我们感觉着。这力量似乎离头顶一尺的光景,——不,似乎触着了头顶,——不,压到眉梢了,——也不,竟然四肢百体都压到了。虽然是压迫,不但轻,而且软,仿佛靠着木棉花的枕头,裹着野鸭绒的被褥。被压得透不转气来自是没有的事,而使神经略微受点激刺,同喝这么一盏半盏酒似的,不是醉于美德,不是醉于欢爱,不是醉于旁的一切,而醉于暝色之中了。

"暝色入高楼,有人楼上愁。"这醉的滋味就是愁。是怎样的愁呢？这愁不同于夕阳将下淡黄的光懒懒的映在屋半腰树半梢那时候所感觉的。那时候感到一种衰零的情味，莫名地惋惜，莫名地惆怅，扼要称说，当然逃不了一个"愁"字。而在暝色之中，依恋是沉下去了，更无所谓惋惜，驰骛是停止住了，更无所谓惆怅。只有一种微茫的空虚之感，细细碎碎的又似乎无边无外的，在刺着我们的身体，渗入我们的心。这也是愁呀，但不涉困穷，非关离别，侵掠到劳人思妇以外，所以更是原始的，潜在的。在含着上两句的那首词的下半阕有一句道："何处是归程？"是何处？是何处？实在无所归呵！于是那词人发愁了。

我们想象那"日暮倚修竹"的佳人，她那时候一定不在想身世的遭际和恋爱的问题，等而下之如关于服装饰物那些事情。暝色笼住了她，修竹发出瑟瑟的低音，那种微茫的空虚之感渗入她的任何部分：无所归呵！无所归呵！她只有默默地倚在那里了。

又试念李后主的句子："独自暮凭阑，无限江山。"江山无限，在苍茫的暝色之中更能体会。但是，归向何处呢？江之东，江之西呢？山之南，山之北呢？全都不是归路，只有一句"无所归呵"的回答！这是李后主当时的愁绪。至于国亡家破之感，他当然是有的，但这时候归于浑忘了。他卸去了彩色斑斓的愁的衣服，看见了赤裸的潜在的原始的愁了。

犹之潸然滴泪的时候，心酸是微微地脉脉地，乍一念起，觉得这是个微妙的境界，其中有说不出的美。暝色之中的愁思正有同样的情形，所以我说它足以吟味。

如其不是独处在那里，旁边伴着的有爱人或至友，想来也只有默默相对吧。在这样的境界之中,有什么可说呢? 有什么可说呢?

1925年4月18日作

(原载《我们的六月》,上海亚东图书馆1925年6月出版)

五月三十一日急雨中

从车上跨下,急雨如恶魔的乱箭,立刻打湿了我的长衫。满腔的愤怒,头颅似乎戴着紧紧的铁箍。我走,我奋疾地走。

路人少极了,店铺里仿佛也很少见人影。哪里去了!哪里去了!怕听昨天那样的排枪声,怕吃昨天那样的急射弹,所以如小鼠如蜗牛般蜷伏在家里,躲藏在柜台底下么?这有什么用!你蜷伏,你躲藏,枪声会来找你的耳朵,子弹会来找你的肉体:你看有什么用?

猛兽似的张着巨眼的汽车冲驰而过,泥水溅污我的衣服,也溅及我的项颈。我满腔的愤怒。

一口气赶到"老闸捕房"门前,我想参拜我们的伙伴的血迹,我想用舌头舔尽所有的血迹,咽入肚里。但是,没有了,一点儿没有了!已经给仇人的水龙头冲得光光,已经给烂了心肠的人们踩得光光,更给恶魔的乱箭似的急雨洗得光光!

不要紧,我想。血曾经淌在这块地方,总有渗入这块土里的吧。那就行了。这块土是血的土,血是我们的伙伴的血,还不够是一课严重的功课么?血灌溉着,血滋润着,将会看到血的花开在这里,血的果结在这里。

我注视这块土,全神地注视着,其余什么都不见了,仿佛自己整个儿躯体已经融化在里头。

抬起眼睛,那边站着两个巡捕:手枪在他们的腰间;泛红的脸上的肉,深深的颊纹刻在嘴的周围,黄色的睫毛下闪着绿光,似乎在那里狞笑。

手枪,是你么?似乎在那里狞笑的,是你么?

"是的,是的,就是我,你便怎样!"——我仿佛看见无量数的手枪在点头,仿佛听见无量数的张开的大口在那里狞笑。

我舔着嘴唇咽下去,把看见的听见的一齐咽下去,如同咽一块粗糙的石头,一块烧红的铁。我满腔的愤怒。

雨越来越急,风把我的身体卷住,全身湿透了,伞全然不中用。我回转身走刚才来的路,路上有人了。三四个,六七个,显然可见是青布大褂的队伍,中间也有穿洋服的,也有穿各色衫子的短发的女子。他们有的张着伞,大部分却直任狂雨乱泼。

他们的脸使我感到惊异。我从来没有见到过这么严肃的脸,有如昆仑之耸峙;我从来没有见到过这么郁怒的脸,有如雷电之将作。青年的清秀的颜色退隐了,换上了北地壮士的苍劲。他们的眼睛将要冒出焚烧一切的火焰,抿紧的嘴唇里藏着咬得死敌人的牙齿……

佩弦的诗道,"笑将不复在我们唇上!"用来歌咏这许多张脸正适合。他们不复笑,永远不复笑!他们有的是严肃与郁怒,永远是严肃的郁怒的脸。

青布大褂的队伍纷纷投入各家店铺,我也跟着一队跨进一家,记得是布匹庄。我听见他们开口了,差不多掏出整个的心,涌起满腔的血,真挚地热烈地讲着。他们讲到民族的命运,他们讲到群众的力量,他们讲到反抗的必要;他们不惮郑重叮咛的是"咱们一伙儿!"我感动,我心酸,酸得痛快。

店伙的脸比较地严肃了;他们没有话说,暗暗点头。

我跨出布匹庄。"中国人不会齐心呀!如果齐心,吓,怕什么!"听到这句带有尖刺的话,我回头去看。

是一个三十左右的男子,粗布的短衫露着胸,苍暗的肤色标记他是在露天出卖劳力的。他的眼睛里放射出英雄的光。

不错呀,我想。露胸的朋友,你喊出这样简要精炼的话来,你伟大!你刚强!你是具有解放的优先权者!——我虔诚地向他点头。

但是,恍惚有蓝袍玄褂小髭须的影子在我眼前晃过,玩世的微笑,又仿佛鼻子里轻轻的一声"嗤"。接着又晃过一个袖手的,漂亮的嘴脸,漂亮的衣着,在那里低吟,依稀是"可怜无补费精神"!袖手的幻化了,抖抖地,显出一个瘠瘦的中年人,如鼠的觳觫的眼睛,如兔的颤动的嘴唇,含在喉际,欲吐又不敢吐的是一声"怕……"

我如受奇耻大辱,看见这种种的魔影,我愤怒地张大眼睛。什么魔影都没有了,只见满街恶魔的乱箭似的急雨。

微笑的魔影,漂亮的魔影,惶恐的魔影,我咒诅你们!你们灭绝!你们消亡!永远不存一丝儿痕迹于这块土上!

有淌在路上的血,有严肃的郁怒的脸,有露胸朋友那样的意思,"咱们一伙儿",有救,一定有救,——岂但有救而已。

我满腔的愤怒。再有露胸朋友那样的话在路上吧?我向前走去。

依然是满街恶魔的乱箭似的急雨。

1925 年 5 月 31 日夜作

（原载 1925 年 6 月 28 日《文学周报》第 179 期）

记佩弦来沪

　　每回写信给佩弦,总要问几时来上海,觉得有许多的话要与他细谈。佩弦来了,一遇于菜馆,再遇于郑家,三是他来我家,四呢,就是送他到车站了。什么也没有谈,更说不到"细",有如不相识的朋友,至多也只是"点头朋友"那样,偶然碰见,说些今天到来明天动身的话以外,就只剩下默默相对了。也颇提示自己,正是满足愿望的机会,不要轻易放过。这自然要赶快开个谈话的端,然后蔓延不断地谈下去才对。然而什么是端呢?我开始觉得我所怀的愿望是空空的,有如灯笼壳子;我开始懊恼平时没有查问自己,究竟要与佩弦细谈些什么。端既没有,短短的时光又如影子那样移去无痕,于是若有所失地又"天各一方"了。

　　过几天后追想,我所以怀此愿望,以及未得满足而感到失望,乃因前此晤谈曾经得到愉悦之故。所谓愿望,实在并不是有这样那样的话非谈不可,只是希冀再能够得到从前那样的愉悦。晤谈的愉悦从哪里发生的呢?不在所谈的材料精微或重大,不在究极到底而得到结论(对这些固然也会感到愉悦,但不是我意所存),而在抒发的随意如闲云之自在,印证的密合如呼吸之相通,如佩弦所说的"促膝谈心,随心之所至。时而上天,时而入地,时而论书,时而评画,时而纵谈时局,品鉴人伦,时而剖析玄理,密诉衷曲……"可谓随意之极致了。不比议事开会,即使没法解决,也总要勉强作个结论,又不比登台演说,虽明知牵强附会,也总要勉强把它编成章节。能说多少,要说多少,以及愿意怎样说,完全在自己手里,丝毫不受外力牵掣。这当儿,名誉的心是没有的,利益的心是没有的,顾忌欺诈等心也都没有,只为着表出内心而说话,说其所不得不说。在这样的进程中随伴地感到一种愉悦,其味甘而永,同于艺术家制作艺术品时所感到的。至于对谈的人,一定是无所不了解,无所不领会,真可说彼此"如见其肺肝然"的。一个说了这一面,又一个推阐到那一面,一个说如此如此,又一个从反面证明决不如彼如彼,这见得心与心正起共鸣,合为妙响。是何等的愉悦!即使一个说如此,又一个说不然,一个说我意云尔,又一个殊觉未必,因为没有名誉利益等等的心思在里头作祟,所以羞愤之情是不会起的,驳诘到妙处,只觉得共同找到胜境似的,愉悦也是共同的。

这样的境界是可以偶遇而不可以特辟的。如其写个便条,说"月之某日,敬请驾临某地晤谈,各随兴趣之所至,务以感受愉悦为归"。到那时候,也许因为种种机缘的不凑合,终于没什么可说,兴味索然。就如我希望佩弦来上海,虽然不曾用便条相约,却颇怀着写便条的心理。结果如何呢?不是什么也没有谈,若有所失地又"天各一方"了么?或在途中,或在斗室,或在临别以前的旅舍,或在久别初逢的码头,各无存心,随意倾吐,不觉枝蔓,实已繁多。忽焉念起:这不已沉入了晤谈的深永的境界里么?于是一缕愉悦的心情同时涌起,其滋味如初泡的碧螺春,回味刚才所说,——隽永可喜,这尤其与茶味的比喻相类。但是,逢到这样愉悦是初非意料的。那一年岁尽日晚间,与佩弦同在杭州,起初觉得无聊,后来不知谈到了什么,兴趣好起来了,彼此都不肯就此休歇,电灯熄了,点起白蜡烛来,离开了憩坐室去到卧室,上床躺着还是谈,两床中间是一张双抽屉的桌子,桌上是两枝白蜡烛。后来佩弦看了看时计,说一首小诗作成了,就念给我听:

除夜的两支摇摇的白烛光里,

我眼睁睁睐着

一九二一年轻轻地踅过去了。

佩弦每次到上海总是慌忙的。颧颊的部分往往泛着桃花色;行步急遽,仿佛有无量的事务在前头;遗失东西是常事,如去年之去,墨水笔和小刀都留在我的桌上。其实岂止来上海时,就是在学校里作课前的预备,他全神贯注,表现于外面的神态是十分紧张;到下了课,对于讲解的反省,答问的重温,又常常涨红了脸。佩弦欢喜用"旅路"之类的词儿,周作人先生称徐玉诺"永远的旅人的颜色",如果借来形容佩弦的慌忙的神气,可谓巧合。我又想,可惜没有到过佩弦家里,看他辞别了旅路而家居的时候是不是也这样慌忙。但是我想起了"人生的旅路"的话,就觉得无须探看,"永远的旅人的颜色"大概是"永远的"了。

佩弦的慌忙,我以为该有一部分原因在他的认真。说一句话,不是徒然说话,要掏出真心来说;看一个人,不是徒然访问,要带着好意同去;推而至于讲解要学生领悟,答问要针锋相对;总之,不论一言一动,既要自己感受喜悦,又要别人同沾美利

（佩弦从来没有说起这些，全是我的揣度，但是我相信"虽不中不远矣"）。这样，就什么都不让随便滑过，什么都得认真。认真得利害，自然见得时间之暂忽。如何叫他不要慌忙呢？

看了佩弦的《"海阔天空"与"古今中外"》一文的人，见佩弦什么都要去赏鉴赏鉴，什么都要去尝尝味儿，或许以为他是一个工于玩世的人。这就错了。玩世是以物待物，高兴玩这件就玩这件，不高兴就丢在一边，态度是冷酷的。佩弦的情形岂是这样呢？佩弦并非玩世，是认真处世。认真处世是以有情待物，彼此接触，就以全生命交付，态度是热烈的。要谈到"生活的艺术"，我想只有认真处世的人才配，"玩世不恭"，光棍而已，艺术家云乎哉！——这几句就作佩弦那篇文字的"书后"，不知道他以为用得着否。

这回佩弦动身，我看他无改慌忙的故态。旅馆的小房间里，送行的客人随便谈说，佩弦一边听着，一边检这件看那件，似乎没甚头绪的模样。馆役唤来了，叫把新买的一部书包在铺盖里，因为箱子网篮都满满的了。佩弦帮着拉毯子的边幅，放了这一边又拉那一边，还有伯祥帮着，结果只打成个"跌塞铺盖"。于是佩弦把新裁的米通长衫穿起来，剪裁宽大，使我想起法师的道袍；他脸上带着小孩初穿新衣那样的骄意和羞态。一行人走出旅馆，招呼人力车，佩弦则时时回头向旅馆里面看。记认耶？告别耶？总之，这又见得他的"认真"了。

在车站，佩弦怅然地等待买票，又来回找寻送行李的馆役，在黄昏的灯光和朦胧的烟雾里，"旅人的颜色"可谓十足了。这使我想起前年的这个季节在这里送颉刚。颉刚也是什么都认真的，而在行旅中常现慌忙之态，也与佩弦一样。自从那回送别之后，还不曾见过颉刚，我深切地想念他了。

几个人着意搜寻，都以为行李太重，馆役沿路歇息，故而还没送到。哪知他们早已到了，就在我们团团转的那个地方的近旁。这可见佩弦慌忙得可以，而送行的人也无不异感塞住胸头。

为了行李过磅，我们共同看那个站员的鄙夷不屑的嘴脸。他没有礼貌，没有同情，呼叱似的喊出重量和运费的数目。我们何暇恼怒，只希望他对于无论什么人都是这个样子，即使是他的上司或者洋人。

幸而都弄清楚了，佩弦两手里只余一只小提箱和一个布包。"早点去占个座位吧。"大家对他这样说。他答应了，点头，将欲回转身，重又点头，脸相很窘。踌躇一会儿之后，他似乎下了大决心，转身径去，头也不回。没有一歇工夫，佩弦的米通长衫的背影就消失在站台的昏茫里了。

（原载 1925 年 9 月 20 日《文学周报》第 192 期，原题《与佩弦》。1981 年 7 月作者作了修改，并改了题目）

白　采

　　那一年我从甪直搬回苏州,一个晴朗的朝晨,白采君忽地来看我。先前没有通过信,来了这样轻装而背着画具的人,觉得突兀。但略一问答之后,也就了然,他是游苏州写风景来的,因为知道我的住址,顺便来看我。我始终自信是一无所知一无所能的人,虽然有愿意了解别人、以善意恳切对待别人的诚心,但是从小很少受语言的训练,在人前难得开口,开口又说不通畅,往往被疑为城府很深甚至是颇近傲慢的人。而白采君忽地来看我,我感激并且惭愧。

　　白采君颇白皙,躯干挺挺的使人羡慕。坐了一会,他说附近有什么可看的地方愿意去看看。我就同他到沧浪亭,在桥上望尚未凋残的荷盖。转到文庙,踏着泮池上没踝的丛草,蚱蜢之类便三三两两飞起来。

　　大成殿森然峙立在我们面前,微闻秋虫丝丝的声音,更显得这境界的寂寥。我们站在殿前的阴影里,不说话。白采君凝睛而望,一手按着内装画板的袋子。我想他找到画题了吧,看他作画倒是有味的事。但是他并不画,从他带笑的颧颊上知道他得到的感兴却不平常。

我想同他出城游虎丘，但是他阻住我，说太远了，他不愿多费我的时间，——其实我的时间算得什么。我声明无妨，他只是阻住，于是非分别不可了。就在文庙墙外，他雇了一头驴子，带着颇感兴趣的神情跨了上去。驴夫一鞭子，那串小铜铃康郎康郎作响，不多时就渺无所闻，只见长街远处小玩具似的背影在那里移动。

我的记性真不行，那一天谈些什么，现在全想不起来了。

后来也通过好几回信，都是简短的，并不能增进对于他的了解。但是他的几篇小说随后看到了，我很满意。我们读无论怎样好的文字，最初的感觉也无非是个满意，换句话说，就是字字句句入我意中，觉得应该这么说，不这么说就不对。但是，单说满意似乎太寒伧了，于是找些渊博的典雅的话来这样那样烘托，这就是文学批评。去年，他的深自珍秘的一首长诗《羸疾者的爱》刊布出来了，我读了如食异味，深觉与平日吃惯了的青菜豆腐乃至鱼肉不同，咀嚼之余，颇想写一点儿文字。但是念头一转，我又不懂什么文学批评，何必强作解人呢，就把这意思打消了。不过我坚强地相信这是一首好诗，虽然称道的人不大有。

去年冬，我们到江湾看子恺君的漫画。在立达学园门前散步的时候，白采君与别的几位教师从里面出来，就一一招呼，错落聚谈。白采君不是前几年的模样了，变得消瘦，黝黑，干枯，说话带伤风的鼻音。后来知道他有吐血的病。

今年大热天的一个午后，愈之君跑来突然说："白采死了！"

"啊！"大家愕然。

我恍惚地想大概是自杀吧；当时虽不曾想到他的诗与小说，

但是他的诗与小说早使我认定他是骨子里悲观的人。

经愈之君说明,才知道是病死在船上的。

"人生如朝露"等古老的感慨,心里固然没有,但是一个相识而且了解他的心情的人离开我们去了,永不回来了,决不是暂时的哀伤。

他的遗箧里有许多珍秘的作品,我愿意尽数地读它们。已经刊布的一篇诗一本小说集,近来特地检出来重读了。我们能更多地了解他,他虽然死了,会永远生存在我们的心里。

(原载1926年10月5日《一般》月刊10月号)

两 法 师

在到功德林去会见弘一法师的路上，怀着似乎从来不曾有过的洁净的心情；也可以说带着渴望，不过与希冀看一出著名的电影剧等的渴望并不一样。

弘一法师就是李叔同先生，我最初知道他在民国初年；那时上海有一种《太平洋报》，其艺术副刊由李先生主编，我对于副刊所载他的书画篆刻都中意。以后数年，听人说李先生已经出了家，在西湖某寺。游西湖时，在西泠印社石壁上见到李先生的"印藏"。去年子恺先生刊印《子恺漫画》，丏尊先生给它作序文，说起李先生的生活，我才知道得详明些；就从这时起，知道李先生现在称弘一了。

于是不免向子恺先生询问关于弘一法师的种种，承他详细见告。十分感兴趣之余，自然来了见一见的愿望，就向子恺先生说了。"好的，待有机缘，我同你去见他。"子恺先生的声调永远是这样朴素而真挚的。以后遇见子恺先生，他常常告诉我弘一法师的近况：记得有一次给我看弘一法师的来信，中间有"叶居士"云云，我看了很觉惭愧，虽然"居士"不是什么特别的尊称。

前此一星期,饭后去上工,劈面来三辆人力车。最先是个和尚,我并不措意。第二是子恺先生,他惊喜似地向我点头。我也点头,心里就闪电般想起"后面一定是他"。人力车夫跑得很快,第三辆一霎经过时,我见坐着的果然是个和尚,清癯的脸,颔下有稀疏的长髯。我的感情有点激动,"他来了!"这样想着,屡屡回头望那越去越远的车篷的后影。

第二天,就接到子恺先生的信,约我星期日到功德林去会见。

是深深尝了世间味,探了艺术之宫的,却回过来过那种通常以为枯寂的持律念佛的生活,他的态度该是怎样,他的言论该是怎样,实在难以悬揣。因此,在带着渴望的似乎从来不曾有过的洁净的心情里,还搀着些惝悦的成分。

走上功德林的扶梯,被侍者导引进那房间时,近十位先到的恬静地起立相迎。靠窗的左角,正是光线最明亮的地方,站着那位弘一法师,带笑的容颜,细小的眼眸子放出晶莹的光。丏尊先生给我介绍之后,叫我坐在弘一法师的侧边。弘一法师坐下来之后,就悠然数着手里的念珠。我想一颗念珠一声"阿弥陀佛"吧。本来没有什么话要向他谈,见这样更沉入近乎催眠状态的凝思,言语是全不需要了。可怪的是在座一些人,或是他的旧友,或是他的学生,在这难得的会晤时,似乎该有好些抒情的话与他谈,然而不然,大家也只默然不多开口。未必因僧俗殊途,尘净异致,而有所矜持吧。或许他们以为这样默对一二小时,已胜于十年的晤谈了。

晴秋的午前的时光在恬然的静默中经过,觉得有难言的美。

随后又来了几位客,向弘一法师问几时来的,到什么地方去那些话。他的回答总是一句短语；可是殷勤极了，有如倾诉整个心愿。

因为弘一法师是过午不食的，十一点钟就开始聚餐。我看他那曾经挥洒书画弹奏钢琴的手郑重地夹起一荚豇豆来，欢喜满足地送入口中去咀嚼的那种神情，真惭愧自己平时的乱吞胡咽。

"这碟子是酱油吧？"

以为他要酱油，某君想把酱油碟子移到他前面。

"不，是这位日本的居士要。"

果然，这位日本人道谢了，弘一法师于无形中体会到他的愿欲。

石岑先生爱谈人生问题，著有《人生哲学》，席间他请弘一法师谈些关于人生的意见。

"惭愧，"弘一法师虔敬地回答，"没有研究，不能说什么。"

以学佛的人对于人生问题没有研究，依通常的见解，至少是一句笑话。那么，他有研究而不肯说么？只看他那殷勤真挚的神情，见得这样想时就是罪过。他的确没有研究。研究云者，自己站在这东西的外面，而去爬剔、分析、检察这东西的意思。像弘一法师，他一心持律，一心念佛，再没有站到外面去的余裕。哪里能有研究呢？

我想，问他像他这样的生活，觉得达到了怎样一种境界，或者比较落实一点儿。然而健康的人不自觉健康，哀乐的当时也不能描状哀乐；境界又岂是说得出的。我就把这意思遣开，从侧面看弘一法师的长髯以及眼边细密的皱纹，出神久之。

饭后，他说约定了去见印光法师，谁愿意去可同去。印光法师这个名字知道得很久了,并且见过他的文抄,是现代净土宗的大师,自然也想见一见。同去者计七八人。

决定不坐人力车,弘一法师拔脚就走,我开始惊异他步履的轻捷。他的脚是赤着的,穿一双布缕缠成的行脚鞋。这是独特健康的象征啊,同行的一群人哪里有第二双这样的脚。

惭愧,我这年轻人常常落在他背后。我在他背后这样想。

他的行止笑语,真所谓纯任自然,使人永不能忘。然而在这背后却是极严谨的戒律。丏尊先生告诉我,他曾经叹息中国的律宗有待振起,可见他是持律极严的。他念佛,他过午不食,都为的持律。但持律而到达非由"外铄"的程度,人就只觉得他一切纯任自然了。

似乎他的心非常之安,躁忿全消,到处自得;似乎他以为这世间十分平和,十分宁静,自己处身其间,甚而至于会把它淡忘。这因为他把所谓万象万事划开了一部分,而生活在留着的一部分内之故。这也是一种生活法,宗教家大概采用这种生活法。

他与我们差不多处在不同的两个世界。就如我,没有他的宗教的感情与信念,要过他那样的生活是不可能的。然而我自以为有点儿了解他,而且真诚地敬服他那种纯任自然的风度。哪一种生活法好呢?这是愚笨的无意义的问题。只有自己的生活法好,别的都不行,夸妄的人却常常这么想。友人某君曾说他不曾遇见一个人他愿意把自己的生活与这个人对调的,这是踌躇满志的话。人本来应当如此,否则浮漂浪荡,岂不像没舵之舟。然而某君又说尤其要紧的是同时得承认别人也未必愿意与我对调。这就与夸妄的人不同了;有这么一承认,非但不菲薄别人,并且致相当的尊敬。彼此因观感而潜移默化的事是有的。

虽说各有其生活法,究竟不是不可破的坚壁;所谓圣贤者转移了什么什么人就是这么一回事。但是板着面孔专事菲薄别人的人决不能转移了谁。

到新闸太平寺,有人家借这里办丧事,乐工以为吊客来了,预备吹打起来。及见我们中间有一个和尚,而且问起的也是和尚,才知道误会,说道,"他们都是佛教里的。"

寺役去通报时,弘一法师从包袱里取出一件大袖僧衣来(他平时穿的,袖子与我们的长衫袖子一样),恭而敬之地穿上身,眉宇间异样地静穆。我是欢喜四处看望的,见寺役走进去的沿街的那个房间里,有个躯体硕大的和尚刚洗了脸,背部略微佝着,我想这一定就是了。果然,弘一法师头一个跨进去时,就对这位和尚屈膝拜伏,动作严谨且安详。我心里肃然。有些人以为弘一法师该是和尚里的浪漫派,看见这样可知完全不对。

印光法师的皮肤呈褐色,肌理颇粗,一望而知是北方人;头顶几乎全秃,发光亮;脑额很阔;浓眉底下一双眼睛这时虽不戴眼镜,却用戴了眼镜从眼镜上方射出眼光来的样子看人,嘴唇略微皱瘪,大概六十左右了。弘一法师与印光法师并肩而坐,正是绝好的对比,一个是水样的秀美,飘逸,一个是山样的浑朴,凝重。

弘一法师合掌恳请了,"几位居士都欢喜佛法,有曾经看了禅宗的语录的,今来见法师,请有所开示,慈悲,慈悲。"

对于这"慈悲,慈悲",感到深长的趣味。

"嗯,看了语录。看了什么语录?"印光法师的声音带有神秘味。我想这话里或者就藏着机锋吧。没有人答应。弘一法师就指石岑先生,说这位先生看了语录的。

石岑先生因说也不专看哪几种语录,只曾从某先生研究过法相宗的义理。

这就开了印光法师的话源。他说学佛须要得实益,徒然嘴里说说,作几篇文字,没有道理;他说人眼前最要紧的事情是了生死,生死不了,非常危险;他说某先生只说自己才对,别人念佛就是迷信,真不应该。他说来声色有点儿严厉,间以呵喝。我想这触动他旧有的忿忿了。虽然不很清楚佛家的"我执"、"法执"的涵蕴是怎样,恐怕这样就有点儿近似。这使我未能满意。

弘一法师再作第二次恳请,希望于儒说佛法会通之点给我们开示。

印光法师说二者本一致,无非教人父慈子孝兄友弟恭等等。不过儒家说这是人的天职,人若不守天职就没有办法。佛家用因果来说,那就深奥得多。行善就有福,行恶就吃苦。人谁愿意吃苦呢?——他的话语很多,有零星的插话,有应验的故事,从其间可以窥见他的信仰与欢喜。他显然以传道者自任,故遇有机缘不惮尽力宣传;宣传家必有所执持又有所排抵,他自也不免。弘一法师可不同,他似乎春原上一株小树,毫不愧怍地欣欣向荣,却没有凌驾旁的卉木而上之的气概。

在佛徒中,这位老人的地位崇高极了,从他的文抄里,见有许多的信徒恳求他的指示,仿佛他就是往生净土的导引者。这想来由于他有很深的造诣,不过我们不清楚。但或者还有别一个原因:一般信徒觉得那个"佛"太渺远了,虽然一心皈依,总不免感到空虚;而印光法师却是眼睛看得见的,认他就是现世的

"佛",虔敬崇奉,亲接謦咳,这才觉得着实,满足了信仰的欲望。故可以说,印光法师乃是一般信徒用意想来装塑成功的偶像。

弘一法师第三次"慈悲,慈悲"地恳求时,是说这里有讲经义的书,可让居士们"请"几部回去。这个"请"字又有特别的味道。

房间的右角里,装钉作似的,线装、平装的书堆着不少:不禁想起外间纷纷飞散的那些宣传品。由另一位和尚分派,我分到黄智海演述的《阿弥陀经白话解释》,大圆居士说的《般若波罗蜜多心经口义》,李荣祥编的《印光法师嘉言录》三种。中间《阿弥陀经白话解释》最好,详明之至。

于是弘一法师又屈膝拜伏,辞别。印光法师点着头,从不大敏捷的动作上显露他的老态。待我们都辞别了走出房间,弘一法师伸两手,郑重而轻捷地把两扇门拉上了。随即脱下那件大袖的僧衣,就人家停放在寺门内的包车上,方正平帖地把它折好包起来。

弘一法师就要回到江湾子恺先生的家里,石岑先生予同先生和我就向他告别。这位带着通常所谓仙气的和尚,将使我永远怀念了。

我们三个在电车站等车,滑稽地使用着"读后感"三个字,互诉对于这两位法师的感念。就是这一点,已足证我们不能为宗教家了,我想。

1927 年 10 月 8 日作

(原载 1927 年 9 月 1 日《民铎》第 9 卷第 1 号。该刊出版明显延期)

附录 作者 1931 年 6 月 17 日之《小记》：

据说，佛家教规，受戒者对于白衣是不答礼的，对于皈依弟子也不答礼；弘一法师是印光法师的皈依弟子，故一方敬礼甚恭，一方点头受之。

过去随谈

一

在中学校毕业是辛亥那一年。并不曾作升学的想头；理由很简单，因为家里没有供我升学的钱。那时的中学毕业生当然也有"出路问题"；不过像现在的社会评论家杂志编辑者那时还不多，所以没有现在这样闹闹嚷嚷的。偶然的机缘，我就当了初等小学的教员，与二年级的小学生作伴。钻营请托的况味没有尝过，照通常说，这是幸运。在以后的朋友中间有这么一位，因在学校毕了业将与所谓社会面对面，路途太多，何去何从，引起了甚深的怅惘；有一回偶游园林，看见澄清如镜的池塘，忽然心酸起来，强烈地萌生着就此跳下去完事的欲望。这样伤感的青年心情我可没有，小学教员是值得当的，我何妨当当：从实际说，这又是幸运。

小学教员一连当了十年，换过两次学校，在后面的两所学校里，都当高等班的级任；但也兼过半年幼稚班的课——幼稚班者，还够不上初等一年级，而又不像幼稚园儿童那样地被训练的，是学校里一个马马虎虎的班次。职业的兴趣是越到后来越好；因为后来几年中听到一些外来的教育理论和方法，自家也零零星星悟到一点儿，就拿来施行，而同事又是几位熟朋友的缘故。当时对于一般不知振作的同业颇有点儿看不起，以为他们德性上有污点，倘若大家能去掉污点，教育界一定会大放光彩的。

民国十年暑假后开始教中学生。那被邀请的理由有点儿滑稽。我曾经写些短篇小说刊载在杂志上。人家以为能写小说就是善于作文，善于作文当然也能教国文，于是我仿佛是颇为适宜的国文教师了。这情形到现在仍然不变，写过一些小说之类的往往被聘为国文教师，两者之间的距离似乎还不曾有人切实注意过。至于我舍小学而就中学的缘故，那是不言而喻的。

直到今年，曾经在五所中学三所大学当教员，教的都是国文；这一半是兼职，正业是书局编辑，连续七年有余了。大学教员我是不敢当的；我知道自己怎样没有学问，我知道大学教员应该怎样教他的科目，两相比并，我的不敢是真情。人家却说了："现在的大学，名而已！你何必拘拘？"我想这固然不错；但是从"尽其在我"的意义着想，不能因大学不像大学，我就不妨去当不像大学教员的大学教员。所惜守志不严，牵于友情，竟尔破戒。今年在某大学教"历代文选"，劳动节的下一天，接到用红铅笔署名"L"的警告信，大意说我教的那些古旧文篇，徒然助长反动势力，于学者全无益处，请即自动辞职，免讨没趣云云。我看了颇愤愤：若说我没有学问，我承认；说我助长反动势力，我恨反动势力恐怕比这位 L 先生更真切些呢；倘若认为教古旧文篇就是助长反动势力的实证,不必问对于文篇的态度如何,那么他该叫学校当局变更课程,不该怪到我。后来知道这是学校波澜的一个弧痕,同系的教员都接到L先生的警告信,措辞比给我的信更严重,我才像看到丑角的丑脸那样笑了。从此辞去不教;愿以后谨守所志,"直到永远"。

自知就所有的一些常识以及好嬉肯动的少年心情,当个小学或初中的教员大概还适宜。这自然是不往根柢里想去的说法;如往根柢里想去,教育对于社会的真实意义(不是世俗认为的那些意义)是什么,与教育相关的基本科学内容是怎样,从事教育技术上的训练该有哪些项目,关于这些,我就与大多数教员一样,知道得太少了。

二

作小说的兴趣可以说因中学时代读华盛顿·欧文的《见闻录》引起的。那种诗味的描写,谐趣的风格,似乎不曾在读过的一些中国文学里接触过;因此我想,作文要如此才佳妙呢。开头作小说记得是民国三年;投寄给小说周刊《礼拜六》,登出来了,就继续作了好多篇。到后来,"礼拜六派"是文学界中一个卑污的名称,无异"海派"、"黑幕派"等等。我当时的小说多写平凡的人生故事,同后来相仿佛,浅薄诚然有之,如何恶劣却不见得,虽然用的工具是文言,还不免贪懒用一些成语典故。作了一年多就停笔了,直到民国九年才又动手。是颉刚君提示的,他说在北京的朋友将办一种杂志,写一篇小说付去吧。从此每年写成几篇,一直不曾间断;只有今年是例外,眼前是十月将尽了,还不曾写过一篇呢。

预先布局，成后修饰，这一类ABC里所诏示的项目，总算尽可能的力实做的。可是不行；写小说的基本要项在乎有一双透彻观世的眼睛，而我的眼睛够不上；所以人家问我哪一篇最惬心时，我简直不能回答。为要写小说而训练自己的眼睛固可不必；但眼睛的训练实在是生活的补剂，因此我愿意对这方面致力。如果致力而有进益，由进益而能写出些比较可观的文篇，自是我的欢喜。

为什么近来渐渐少写，到今年连一篇也没有写呢？有一个浅近的比喻，想来倒很确切的。一个人新买一具照相机，不离手的对光，扳机，卷干片，一会儿一打干片完了，就装进一打，重又对光，扳机，卷干片。那时候什么对象都是很好的摄影题材：小妹妹靠在窗沿憨笑，这有天真之趣，照它一张；老母亲捧着水烟袋抽吸，这有古朴之致，照它一张；出外游览，遇到高树、流水、农夫、牧童，颇浓的感兴立刻涌起，当然不肯放过，也就逐一照它一张，洗出来时果能成一张像样的照相与否似乎不关紧要，最热心的是"搭"的一扳——面前是一个对象，对着它"搭"的扳了，这就很满足了。但是，到后来却有相度了一番终于收起镜箱来的时候。爱惜干片么？也可以说是，然而不是。只因希求于照相的条件比以前多了，意味要深长，构图要适宜，明暗要美妙，还有其他等等，相度下来如果不能应合这些条件，宁可收起镜箱了事；这时候，徒然一扳被视为无意义了。我从前多写只是热心于一扳，现在却到了动辄收起镜箱的境界，是自然的历程。

三

《中学生》主干曾嘱我说些自己修习的经历，如如何读书之类。我很惭愧，自计到今为止，没有像模像样读过书，只因机缘与嗜好，随时取一些书来看罢了。读书既没有系统，自家又并无分析和综合的识力，不能从书的方面多得到什么是显然的。外国文字呢？日文曾经读过葛祖兰氏的《自修读本》两册，但是像劣等学生一样，现在都还给老师了。至于英文，中学时代读得不算浅，读本是文学名著，文法读到纳司非尔的第四册呢；然而结果是半通不通，到今看电影字幕还不能完全明白。（我觉得读英文而结果如此的实在太多了。多少的精神和时间，终于不能完全看明白电影字幕！正在教英文读英文的可以反省一下了。）不去彻底修习，达到全通真通，当然是自家的不是；可是学校对于学生修习各项科目都应定一个毕业的最低限度，一味胡教而不问学生果否达到了最低限度，这不能不怪到学校了。外国文字这一工具既然不能使用，要接触些外国的东西只好看看译品，这就与专待喂养的婴孩同样可怜，人家不翻译，你就没法想。说到译品，等类颇多。有些是译者实力不充而硬欲翻译的，弄来满盘都错，使人怀疑外国人的思想话语为什么会这样奇怪不依规矩。有些据说为欲忠实，不肯稍事变更原文语法上的结构，就成为中国文字写的外国文。这类译品若请专读线装书的先生们去看，一定回答"字是个个识得的，但是不懂得这些字凑合在一起说些什么"。我总算能够硬看下去，而且大致有点儿懂，这不能不归功于读过两种读如未读的外国文。最近看到东华君译的《文学之社会学的批评》,清楚流畅,义无隐晦,以为译品像这个样子,庶几便于读者。声明一句,我不是说这本书就是翻译的模范作;我没有这样狂妄,会自认有评判译品高下的能力。

　　说起读书,十年来颇看到一些人,开口闭口总是读书,"我只想好好儿念一些书","某地方一个图书馆都没有,我简直过不下去","什么事都不管,只要有书读,我就满足了",这一类话时时送到我的耳边;我起初肃然起敬,既而却未免生厌。那种为读书而读书的虚矫,那种认别的什么都不屑一做的傲慢,简直自封为人间的特殊阶级,同时给与旁人一种压迫,仿佛唯有他们是人间的智慧的笃爱者。读书只是至为平常的事而已,犹如吃饭睡觉,何必作为一种口号,唯恐不遑地到处宣传。况且所以要读书,从哲学以至于动植矿,就广义说,无非要改进人间的生活。光是"读"决非终极的目的。而那些"读书"、"读书"的先生们似乎以为光是"读"最了不起,生活云云不在范围以内:这也引起我的反感。我颇想标榜"读书非究竟义谛主义"——当然只是想想罢了,宣言之类并未写过。或者有懂得心理分析的人能够说明我之所以有这种反感,由于自家的头脑太俭了,对于书太疏阔了,因此引起了嫉妒,而怎样怎样的理由是非意识地文饰那嫉妒的丑脸的。如果被判定如此,我也不想辩解,总之我确然曾有这样的反感。至于那些将读书作口号的先生们是否真个读书,我不得而知;可是有一层,从其中若干人的现况上看,我的直觉的批评成为客观的真实了。他们果然相信自己是人间智慧的宝库,无所不知,无所不能,得便时抛开了为读书而读书的招牌,就不妨包办一切;他们俨然承认自己是人间的特殊阶级,虽在极微细的一谈一笑之顷,总要表示外国人提出来的"高等华人"的态度。读书的口号,包办一切,"高等华人",这其间仿佛有互相纠缠的关系似的。

四

我与妻结婚是由人家作媒的,结婚以前没有会过面,也不曾通过信。结婚以后两情颇投合,那时大家当教员,分散在两地,一来一往的信在半途中碰头,写信等信成为盘踞心窝的两件大事。到现在十四年了,依然很爱好。对方怎样的好是彼此都说不出的,只觉很合适,更合适的情形不能想象,如是而已。

这样打彩票式的结婚当然很危险的,我与妻能够爱好也只是偶然;迷信一点儿说,全凭西湖白云庵那位月下老人。但是我得到一种便宜,不曾为求偶而眠思梦想,神魂颠倒;不曾沉溺于恋爱里头,备尝甜酸苦辣各种滋味。图得这种便宜而去冒打彩票式的结婚的险,值得不值得固难断言;至少,青年期的许多心力和时间是挪移了过来,可以去对付别的事了。

现在一般人不愿冒打彩票式的结婚的险是显然的,先恋爱后结婚成为普遍的信念。我不菲薄这种信念,它的流行也有所谓"必然"。我只想说那些恋爱至上主义者,他们得意时谈心,写信,作诗,看电影,游名胜,失意时伤心,流泪,作诗(充满了惊叹号),说人间最不幸的只有他们,甚至想投黄浦江;像这样把整个生命交给恋爱,未免可议。这种恋爱只配资本家的公子"名门"的小姐去玩的。他们享用的是他们的父亲祖先剥削得来的钱,他们在社会上的地位在未入母腹时早就安排停当,他们看世界非常太平,没有一点儿问题;闲暇到这样地步却也有点儿难受,他们于是就恋爱这个题目,弄出一些悲欢哀乐来,总算在他们空白的生活录上写下了几行。如果不是闲暇到这样的青年男女也想学步,那唯有障碍自己的进路,减损自己的力量而已。

人类不灭,恋爱也永存。但是恋爱各色各样。像公子小姐们玩的恋爱,让它"没落"吧!

1930 年 10 月 29 日作

(原载 1931 年 1 月 1 日《中学生》第 11 号)

做了父亲

假若至今还没有儿女,是不是要与有些人一样,感到是人生的缺憾,心头总有这么一个失望牵萦着呢?

我与妻都说不至于吧。一些人没有儿女感到缺憾,因为他们认为儿女是他们份所应得的,应得而不得,当然要失望。也许有人说没有儿女就是没有给社会尽力,对于种族的绵延没有尽责任,那是颇为冠冕堂皇的话,是随后找来给自己解释的理由,查问到根柢,还是个得不到应得的不满足之感而已。我们以为人生的权利固有多端,而儿女似乎不在多端之内,所以说不至于。

但是儿女早已出生了,这个设想无从证实。在有了儿女的今日,设想没有儿女,自然觉得可以不感缺憾;倘若今日真个还没有儿女,也许会感到非常寂寞,非常惆怅吧。这是说不定的。

"教育是专家的事业",这句话近来几乎成了口号,但是这意义仿佛向来被承认的。然而一为父母就得兼充专家也是事实。非专家的专家担起教育的责任来,大概走两条路:一是尽许多不必要的心,结果是"非徒无益,而又害之";一是给了个"无所有",本应在儿女的生活中给充实些什么,可是并没有把该给充实的付与儿女。

自家反省,非意识地走的是后一条路。虽然也像一般父亲一样,被一家人用作镇压孩子的偶像,在没法对付时,就"爹爹,你看某某!"这样喊出来;有时被引动了感情,骂一顿甚至打一顿的事也有。但是收场往往像两个孩子争闹似的,说着"你不那样,我也就不这样"的话,其意若曰彼此再别说这些,重复和好了吧。这中间积极的教训之类是没有的。

不自命为"名父"的,大多走与我同样的路。

自家就没有什么把握,一切都在学习试验之中,怎么能给后一代人预先把立身处世的道理规定好了教给他们呢?

学校,我想也不是与儿女有什么了不起的关系的。学习一些符号,懂得一些常识,结交若干朋友,度过若干岁月,如是而已。

以前曾经担过忧虑,因为自家是小学教员出身,知道小学的情形比较清楚,以为像个模样的小学太少了,儿女达到入学年龄的时候将无处可送。现在儿女三个都进了学校,学校也不见特别好,但是我毫不存勉强迁就的意思。

一定要有理想的小学才把儿女送去,这无异看儿女作特别珍贵特别柔弱的花草,所以要保藏在装着暖气管的玻璃花房里。特别珍贵么,除了有些国家的华胄贵族,谁也不肯对儿女作这样的夸大口吻。特别柔弱么,那又是心所不甘,要抵挡得风雨,经历得霜雪,这才可喜。——我现在作这样想,自笑以前的忧虑殊属无谓。

何况世间为生活所限制,连小学都不得进的多得很,他们一样要挺直身躯立定脚跟做人。学校好坏于人究竟有何等程度的关系呢?——这样想时,以前的忧虑尤见得我的浅陋了。

我这方面既然给了个"无所有",学校方面又没有什么了不起的关系,这就拦到了角落里,儿女的生长只有在环境的限制之内,凭他们自己的心思能力去应付一切。这里所谓环境,包括他们所有遭值的事和人物,一饮一啄,一猫一狗,父母教师,街市田野,都在里头。

做父亲的真欲帮助儿女仅有一途,就是诱导他们,让他们锻炼这种心思能力。若去请教专门的教育者,当然,他将说出许多微妙的理论,但是要义大致也不外乎此。

可是,怎样诱导呢?我就茫然了。虽然知道应该往哪一方向走,但是没有往前走的实力,只得站在这里,搓着空空的一双手,与不曾知道方向的并无两样。我很明白,对儿女最抱歉的就是这一点,将来送不送他们进大学倒没有多大关系。因为适宜的诱导是在他们生命的机械里加添燃料,而送进大学仅是给他们文凭、地位,以便剥削他人而已。(有人说起振兴大学教育可以救国,不知如何,我总不甚相信,却往往想到这样不体面的结论上去。)

他们应付环境不得其当甚至应付不了的时候,一定会怅然自失,心里想,如果父亲早给点儿帮助,或者不至于这样无所措吧。这种归咎,我不想躲避,也没法躲避。

对于儿女也有我的希望。

一句话而已,希望他们胜似我。

所谓人间所谓社会虽然很广漠,总直觉地希望它有进步。而人是构成人间社会的。如果后代无异前代,那就是站在老地方没有前进,徒然送去了一代的时光,已属不妙。或者更甚一点,竟然"一代不如一代",试问人间社会经得起几回这样的七折八扣呢!凭这么想,我希望儿女必须胜似我。

爬上西湖葛岭那样的山就会气喘,提十斤左右重的东西走一两里路胳膊就会酸好几天,我这种身体是完全不行的。我希望他们有强壮的身体。

人家问一句话一时会答不上来,事务当前会十分茫然,不知怎样处置或判断,我这种心灵是完全不行的。我希望他们有明澈的心灵。

说到职业,现在干的是笔墨的事,要说那干系之大,当然可以戴上文化或教育的高帽子,于是仿佛觉得并非无聊。但是能够像工人农人一样,拿出一件供人家切实应用的东西来么?没有!自家却使用了人家生产的切实应用的东西,岂非也成了可羞的剥削阶级?文化或教育的高帽子只能掩饰丑脸,聊自解嘲而已,别无意义。这样想时,更菲薄自己,达于极点。我希望他们与我不一样:至少要能够站在人前宣告道,"凭我们的劳力,产生了切实应用的东西,这里就是!"其时手里拿的是布匹米麦之类;即使他们中间有一个成为玄学家,也希望他同时铸成一些齿轮或螺丝钉。

1930年11月作

(原载1931年1月1日《妇女杂志》第17卷第1号)

牵 牛 花

手种牵牛花,接连有三四年了。水门汀地没法下种,种在十来个瓦盆里。泥是今年又明年反复用着的,无从取得新的泥来加入。曾与铁路轨道旁种地的那个北方人商量,愿出钱向他买一点儿,他不肯。

从城隍庙的花店里买了一包过磷酸骨粉,搀和在每一盆泥里,这算代替了新泥。

瓦盆排列在墙脚,从墙头垂下十条麻线,每两条距离七八寸,让牵牛的藤蔓缠绕上去。这是今年的新计划,往年是把瓦盆摆在三尺光景高的木架子上的。这样,藤蔓很容易爬到了墙头;随后长出来的互相纠缠着,因自身的重量倒垂下来,但末梢的嫩条便又蛇头一般仰起,向上伸,与别组的嫩条纠缠,待不胜重量时重演那老把戏;因此墙头往往堆积着繁密的叶和花,与墙腰的部分不相称。今年从墙脚爬起,沿墙多了三尺光景的路程,或者会好一点儿;而且,这就将有一垛完全是叶和花的墙。

藤蔓从两瓣子叶中间引伸出来以后,不到一个月工夫,爬得最快的几株将要齐墙头了。每一个叶柄处生一个花蕾,像谷粒那么大，便转黄萎去。据几年来的经验，知道起头的一批花蕾是开不出来的；到后来发育更见旺盛，新的叶蔓比近根部的肥大，那时的花蕾才开得成。

今年的叶格外绿，绿得鲜明；又格外厚，仿佛丝绒剪成的。这自然是过磷酸骨粉的功效。他日花开，可以推知将比往年的盛大。

但兴趣并不专在看花，种了这小东西，庭中就成为系人心情的所在，早上才起，工毕回来，不觉总要在那里小立一会儿。那藤蔓缠着麻线卷上去，嫩绿的头看似静止的，并不动弹；实际却无时不回旋向上，在先朝这边，停一歇再看，它便朝那边了。前一晚只是绿豆般大一粒嫩头，早起看时，便已透出二三寸长的新条，缀一两张长满细白绒毛的小叶子，叶柄处是仅能辨认形状的小花蕾，而末梢又有了绿豆般大一粒嫩头。有时认着墙上的斑剥痕想，明天未必便爬到那里吧；但出乎意外，明晨竟爬到了斑剥痕之上；好努力的一夜功夫！"生之力"不可得见；在这样小立静观的当儿，却默契了"生之力"了。渐渐地，浑忘意想，复何言说，只呆对着这一墙绿叶。

即使没有花，兴趣未尝短少；何况他日花开，将比往年盛大呢。

（原载 1931 年 9 月 20 日《北斗》月刊创刊号）

看　月

住在上海"弄堂房子"里的人对于月亮的圆缺隐现是不甚关心的。所谓"天井",不到一丈见方的面积。至少十六支光的电灯每间里总得挂一盏。环境限定,不容你有关心到月亮的便利。走到路上,还没"断黑"已经一连串地亮了街灯。有月亮吧,就像多了一盏灯。没有月亮吧,犹如一盏街灯损坏了,没有亮起来。谁留意这些呢?

去年夏天,我曾经说过不大听到蝉声,现在说起月亮,我又觉得许久不看见月亮了。只记得某夜夜半醒来,对窗的收音机已经沉寂,隔壁的"麻将"也歇了手,各家的电灯都已熄灭,一道象牙色的光从南窗透进来,把窗棂印在我的被袱上。我略微感到惊异,随即想到原来是月亮光。好奇地要看看月亮本身,我向窗外望。但是,一会儿月亮被云遮没了。

从北平来的人往往说在上海这地方怎么"呆"得住。一切都这样紧张。空气是这样龌龊。走出去很难得看见树木。诸如此类,他们可以举出一大堆。我想,月亮仿佛失掉了这一项,也该列入他们认为上海"呆"不住的理由吧。假若如此,我倒并不同意。在生活的诸般条件里列入必须看月亮一项,那是没有理由的。清旷的襟怀和高远的想象力未必定须由对月而养成。把仰望的双眼移到地面,同样可以收到修养上的效益,而且更见切实。可是我并非反对看月亮,只是说即使不看也没有什么关系罢了。

最好的月色我也曾看过。那时在福州的乡下,地当闽江一折的那个角上。某夜,靠着楼栏直望。闽江正在上潮,受着月光,成为水银的洪流。江岸诸山略微笼罩着雾气,好像不是平日看惯的那几座山了。月亮高高停在天空,非常舒泰的样子。从江岸直到我的楼下是一大片沙坪,月光照着,茫然一白,但带点儿青的意味。不知什么地方送来晚香玉的香气。也许是月亮的香气吧,我这么想。我心中不起一切杂念,大约历一刻钟之久,才回转身来。看见蛎粉墙上印着我的身影,我于是重又意识到了我。

那样的月色如果能得再看几回,自然是愉悦的事,虽然前面我说过"即使不看也没有什么关系"。

(原载 1933 年 9 月 1 日《中学生》第 37 号)

中　年　人

接到才见了一面的一位青年的信,中间有"这回认识了你这个中年人"的话。原来是中年人了,至少在写信给我的青年的眼光里已经是了。

平时偶然遇见旧友,不免说一些根据直觉的话:从前在学校里年龄最小,体操时候总作"排尾",现在在常相过从的朋辈中间,以年龄论虽不至于作"排头",然而前十名是居之不疑的了。或者说:同辈的喜酒仿佛早已吃完了,除了那好像缺少了什么的"续弦"的筵席。及至被问到儿女有几,他们多大了,当不得不据实回答:大的在中学,身子比我高出半个头,小的几岁了,已经进了小学。

听了这些话,对方照例说:"时光真快呀。才一眨眼,就有如许不同。我们哪得不老呢!"这是不知多少世代说熟了的滥调。犹如春游的人一开口就是"桃红柳绿,水秀山明"似的,在谈到年龄呀儿女呀的场合里,这滥调自然而然脱口而出;同时浮起一种淡淡的伤感心情,自己就玩味这种伤感心情,取得片刻的满足。我觉得这是中年人的乏味处。听这么说,我只好默然不语或者另外引起一个端绪,以便谈下去。

中年的文人往往会"悔其少作"。仿佛觉得目前这样的功力才到了家,够了格;以今视昔,不知当时的头脑何以那样荒唐,当时的手腕何以那样粗疏。于是对着"少作"颜面就红起来,一直蔓延到颈根。非文人的中年人也一样。人家偶尔提起他的少年情事,如抱不平一拳把人打倒在地,与某女郎热恋至于相约同逃之类,他就现出一副尴尬的神态说:"不用提了,那时候真是胡闹!"你若再不知趣,他就要怨你有意与他为难了。

大概人到中年,就意识地或非意识地抱着"言为士则,行为世范"的大志。发些议论,写些文字,总得含有教训意味。人家受不受教训当然是另一问题;可是不教训似乎不过瘾,那就只有搭起架子来说话作文了。虽是寻常的一举一动,也要在举动之先反省说:"这是不是可以给后辈示范的?"于是步履从容安详了,态度中正和平了,喜怒哀乐发而皆中节,差不多可以入圣庙的样子。但是,一个堪为"士则"、"世范"的中年人的完成,就是一个天真活泼爽直矫健的青年人的毁灭。一般中年人"悔其少作",说"那时候真是胡闹",仿佛当初曾经做过青年人是他们的绝大不幸;其实,所有的中年人如果都这样悔恨起来,那才是人间的绝大不幸呢。

在电影院里,可以看到中年人的另一方面。臂弯里抱着孩子,后面跟着女人,或者加上一两个大点儿的孩子,昂起了头找坐位。牵住了人家的衣襟,踩着了人家的鞋,都不管得,都像没有这回事。找到坐位了,满足地坐下来,犹如占领了一个王国。明明是在稠人广座之中,而那王国的无形的墙壁障蔽得十分严密,使他如入无人之境。所有视听之娱仿佛完全属于他那王国的;几乎忘了同时还有别人存在。这情形与青年情侣所表现的不同。青年情侣在唧唧哝哝之外,还要看看四周围,显示他们在广众中享受这份乐趣的欢喜和骄傲。中年人却同作茧而自居其中的蚕蛹一样,不论什么时候只看见他自己的茧子。

已经是中年人了,只希望不要走上那些中年人的路。

(原载 1933 年 9 月 15 日《申报月刊》第 2 卷第 9 号)

苏州"光复"

革命,一般市民都不曾尝过它的味道。报纸上记载着什么什么地方都光复了,眼见苏州地方的革命必不可免,于是竭尽想象的能力描绘那将要揭露的一幕。想象实在贫弱得很,无非开枪和放火,死亡和流离。避往乡间去吧,到上海去作几时寓公吧,这样想的,这样干的,颇有其人。

但也有对于尚未见面的革命感到亲热的。理由很简单,革了命,上头不再有皇帝,谁都成为中国的主人,一切事情就能办得好了。这类人中以青年学生为多。上课简直不当一回事;每天赶早跑火车站,等候上海来的报纸,看前一天又有哪些地方光复了。

一天早上,市民相互悄悄地说:"来了!"什么东西来了呢?原来就是那引人忧虑又惹人喜爱的革命。它来得这么不声不响,真是出乎全城市民的意料之外。倒马桶的农人依然做他们的倾注涤荡的工作,小茶馆里依然坐着一壁洗脸一壁打呵欠的茶客。只有站岗巡警的衣袖上多了一条白布。

有几处桥头巷口张贴着告示,大家才知道江苏巡抚程德全改称了都督。那一方印信据说是仓卒间用砚台刻成的。

青年学生爽然若失了,革命绝对不能满足他们的浪漫的好奇心。但是对于开枪、放火、死亡、流离惴惴然的那些人却欣欣然了,他们逃过了并不等闲的一个劫运。

第二年,地方光复纪念日的晚上,举行提灯会。初等小学校的学童也跟在各团体会员、各学校学生的后头,擎起红红绿绿的纸灯笼,到都督府的堂上绕行一周;其时程都督坐在偏左的一把藤椅上,拈髯而笑。

在绕行一周的当儿,学童就唱那练熟了的歌词。各学校的歌词不尽相同,但是大多数唱下录的两首:

> 苏州光复,直是苏人福。
> ……
> 草木不伤,鸡犬不惊,军令何严肃?
> 我辈学生,千思万想,全靠程都督。

> 哥哥弟弟,大家在这里。
> 问今朝提灯欢祝,都为啥事体?
> 为我都督,保我苏州,永世勿忘记。
> 我辈学生,恭恭敬敬,大家行个礼。

可惜第一首的第二行再也想不起来了。这两首歌词虽然由学童歌唱,虽然都称"我辈学生",而并非学童的"心声"是显然的。

革命什么,不去管它。蒙了"官办革命"的福,"草木不伤,鸡犬不惊",什么都得以保全,这是感激涕零,"永世"不能"忘记"的。于是借学童的口吻,表达衷心的爱戴。此情此景,令人想起《豳风·七月》的未了几句：

  跻彼公堂，
  称彼兕觥，
  万寿无疆。

（原载 1933 年 10 月 1 日《中学生》第 38 号）

薪　工

我记得第一次收受薪水时的心情。

校长先生把解开的纸包授给我,说:"这里是先生的薪水,二十块,请点一点。"

我接在手里,重重的。白亮的银片连成的一段,似乎很长,仿佛一时间难以数清片数。这该是我收受的吗?我收受这许多不太僭越吗?这样的疑问并不清楚地意识着,只是一种模糊的感觉通过我的全身,使我无所措地瞪视手里的银元,又抬起眼来瞪视校长先生的毫无感情的瘦脸。

收受薪水就等于收受于此相当的享受。在以前,我的享受全是父亲给的;但是从这一刻起,我自己取得若干的享受了。这是生活上的一个转变。我又仿佛不能自信:以偶然的机缘,便遇到这个转变,不要是梦幻吧?

此后我幸未失业,每月收到薪水,习以为常,所以若无其事,拿到手就放进袋里。衣食住行一切都靠此享受到了,当然不复疑心是梦幻。可是在头脑空闲一点儿的时候,如果想到这方面去,仍不免有僭越之感。一切的享受都货真价实,是大众给我的，而我给大众的也能货真价实，不同于肥皂泡儿吗？这是很难断言的。

阅世渐深，我知道薪工阶级的被剥削确是实情，只要具有明澈的眼睛的人就看得透，这并不是什么深奥的学理。薪工阶级为自己的权利而抗争，也是理所当然。但是，如果用怠工等拆烂污的办法来抗争，我以为是薪工阶级的缺德。一个人工作着工作着，广义地说，便是把自己的一份心力贡献给大众。你可以维护自己的权利，可以反抗不当的剥削，可是你不应该吝惜你自己的一份心力，让大众间接受到不利的影响。

在收受薪水的时候，固然不妨考量是不是收受得太少；而在从事工作的时候，却应该自问是不是贡献得欠多。我想，这可以作为薪工阶级的座右铭。我这么说，并不是替不劳而获的那些人保障利益。从薪工阶级的立场说起来，不劳而获的那些人是该彻底地被消灭的。他们消灭之后，大家还是薪工阶级，而贡献心力也还是务期尽量的。

（原载 1934 年 6 月 1 日《中学生》第 46 号）

掮枪的生活

我当中学生的时代在清朝末年,那时候厉行军国民教育,所以我受过三年多的军事训练。现在回想起来,旁的也没有什么,只那掮枪的生活倒是颇有兴味的。

我们那时候掮的是后膛枪,上了刺刀,大概有七八斤重。腰间围着皮带。皮带上系着两个长方形的皮匣子,在左右肋骨的部位,那是预备装子弹的。后面的左侧又系着刺刀的壳子。这样装束起来。俨然是个军人了。

我们平时操小队教练、中队教练,又操散兵线,左右两旁的伙伴离得特别开,或者直立预备放,或者跪倒预备放,或者卧倒预备放。当卧倒预备放的时候,胸、腹、四肢密贴着草和泥土,有一种说不出来的快感。待教师喊出"举枪——放!"的口令的时候,右手的食指在发弹机上这么一扳,更是极度兴奋的举动。

有时候我们练习冲锋,斜执着上了刺刀的枪,一拥而前。不但如此,还要冲上五六丈高的土堆;土堆的斜坡很有点儿陡峭,我们不顾,只是脚不点地地往上冲。嘴里还要呐喊:"啊!——

啊！"宛然有千军万马的气势。谁第一个冲到土堆的顶上,就高举手里的枪,与教师手里的指挥刀一齐挥动,犹如占领了一座要塞。

有时候我们练习野外侦察,三个四个作一组,各走不同的道路,向田野或树林出发。如果是秋季的晴天,侦察就大有趣味。干草的甘味扑鼻而来;各种昆虫或前或后,飞飞歇歇,好像特地来与我们作伴;清水的池边,断栏的桥上,随处可以坐下来;阳光照在身上,不嫌其热,可是周身感到健康的快感。这当儿,我们差不多忘了教师讲的侦察时候应该注意些什么。我们高兴有这样的机会,从沉闷的教室里逃到空旷的原野里,作一回掮着枪的游散。

一年的乐事,秋季旅行为最。旅行的时候也用军法部勒。一队有队长,一小队有小队长。步伐听军号,归队和散队听军号,吃饭听军号,早起夜眠也听军号。我有几个同级的好友是吹号打鼓的好手,每逢旅行,他们总排在队伍的前头,显耀他们的本领。我从他们那里受到熏染,知道吹号打鼓与其他技艺一样,造诣也颇有深浅的差异;要沉着而又圆转,那才是真功夫。我略能鉴别吹奏的好坏;有几支军号的曲调至今还记得。

旅行不但掮枪束子弹带,还要向军营里借了粮食袋和水瓶来使用。粮食袋挂在左腰间,水瓶挂在右腰间,里头当然装满了内容物。这就颇有点儿累赘了,然而我们都欢喜这样的装束,恨不得在背上再加个背包。其时枪也擦得特别干净,枪管乌乌的,枪柄上不留一点儿污迹,枪管子里面是人家看不见的,可是我们也用心擦,直擦到用一只眼睛窥看的时候,来复线条条闪亮,耀着青光,才肯罢手。

旅行到了目的地,或者从轮船上起岸,或者从火车上下来,我们总是排成四行的队伍,开着正步,昂然前进。校旗由排头笔直地执着,军号军鼓奏着悠扬的调子;步伐匀齐,没有一点儿错乱。人家没有留心看校旗上的字,往往说"哪里来的军队"。听了这个话,我们的精神更见振作,身躯挺得更直,步子也跨得更大。有一年秋季旅行,达到目的地已经是晚上八点过后,天下着大雨,地上到处是水潭。我们依然开正步,保持着队伍的整齐形式。一步一步差不多都落在水潭里,皮鞋里完全灌满了水,衣服也湿透了,紧贴着皮肤。我们都以为这是有趣的佳遇,不感到难受。又有一年秋季,到南京去参观南洋劝业会,正走进会场的正门,忽然来一阵点儿很大的急雨。我们好像没有这回事,立停,成双行向左转,报数,搭枪架,然后散开,到各个馆里去参观。第二天《会场日报》刊登特别记载:某某中学到来参观,完全是军队的模样,遇到阵雨,队伍绝不散乱,学生个个精神百倍,如是云云。我们都珍重这一则新闻记事,认为是这一次旅行的荣誉。

旅行时候的住宿又是一件有味的事。往往借一处地方,在屋子里平铺着稻草,就把带去的被褥摊在上面。睡眠的号声幽幽地吹起来时,大家蚱蜢似地窜向自己的铺位,解带子,脱衣服,都觉得异样新鲜,似乎从来没有做过的。一会儿熄灯的号声响了,就在一团黑暗里静待入睡。各人知道与许多伙伴在一起,差不多同睡在一张巨大的床上,所以并不感到凄寂。第二天醒来当然特别早,只等起身号的第一个音吹出,大家就站了起来,急急忙忙把自己打扮成个军人了。

从前的掮枪生活，现在回想起来，颇带一些浪漫意味。这在当时主张军国民教育的人说来，自然是失败了。然而我们这批人的青年生活却因此得到了一些润泽。

(原载 1934 年 10 月 1 日《中学生》第 48 号)

说　书

　　因为我是苏州人,望道先生要我谈谈苏州的说书。我从七八岁的时候起,私塾里放了学,常常跟着父亲去"听书"。到十三岁进了学校才间断。这几年间听的"书"真不少,"小书"如《珍珠塔》、《描金凤》、《三笑》、《文武香球》,"大书"如《三国志》、《水浒》、《英烈》、《金台传》,都不止听一遍,最多的听到三遍四遍。但是现在差不多忘记干净了,不要说"书"里的情节,就是几个主要人物的姓名也说不齐全了。

　　"小书"说的是才子佳人,"大书"说的是历史故事跟江湖好汉,这是大概的区别。"小书"在表白里夹着唱词,唱的时候说书人弹着三弦;如果是双档(两个人登台),另外一个就弹琵琶或者打铜丝琴。"大书"没有唱词,完全是表白。说"大书"的那把黑纸扇比较说"小书"的更为有用,几乎是一切"道具"的代替品,诸葛亮不离手的鹅毛扇,赵子龙手里的长枪,李逵手里的板斧,胡大海手托的千斤石,都是那把黑纸扇。

　　说"小书"的唱唱词据说是依"中州韵"的,实际上十之八九是方音,往往"ㄣ"、"ㄥ"不分,"真"、"庚"同韵。唱的调子有两派:一派叫"马调",一派叫"俞调"。"马调"质朴,"俞调"婉转。"马调"容易听清楚,"俞调"抑扬太多,唱得不好,把字音变了,就听不明白。"俞调"又比较是女性的,说书的如果是中年以上的人,勉强逼紧了喉咙,发出撕裂似的声音来,真叫人坐立不安,浑身肉麻。

"小书"要说得细腻。《珍珠塔》里的陈翠娥见母亲势利,冷待远道来访的穷表弟方卿,私自把珍珠塔当作干点心送走了他。后来忽听得方卿来了,是个唱"道情"的穷道士打扮,要求见她。她料知其中必有蹊跷,下楼去见他呢还是不见他,踌躇再四,于是下了几级楼梯就回上去,上去了又走下几级来,这样上上下下有好多回,一回有一回的想头。这段情节在名手有好几天可以说。其时听众都异常兴奋,彼此猜测,有的说"今天陈小姐总该下楼梯了",有的说"我看明天还得回上去呢"。

"大书"比较"小书"尤其着重表演。说书人坐在椅子上,前面是一张半桌,偶然站起来,也不很容易回旋,可是像演员上了戏台一样,交战,打擂台,都要把双方的姿态做给人家看。据内行家的意见,这些动作要做得沉着老到,一丝不乱,才是真功夫。说到这等情节自然很吃力,所以这等情节也就是"大书"的关子。譬如听《水浒》,前十天半个月就传说"明天该是景阳冈打虎了",但是过了十天半个月,还只说到武松醉醺醺跑上冈子去。

说"大书"的又有一声"咆头",算是了不得的"力作"。那是非常之长的喊叫,舌头打着滚,声音从阔大转到尖锐,又从尖锐转到奔放,有本领的喊起来,大概占到一两分钟的时间;算是勇夫发威时候的吼声。张飞喝断灞陵桥就是这么一声"咆头"。听众听到了"咆头",散出书场来还觉得津津有味。

无论"小书"和"大书",说起来都有"表"跟"白"的分别。"表"是用说书人的口气叙述;"白"是说书人说书中人的话。所以"表"的部分只是说书人自己的声口,而"白"的部分必须起角色,生旦净丑,男女老少,各如书中人的身份。起角色的时候,大概贴旦丑角之类仍用苏白,正角色就得说"中州韵",那就是"苏州人说官话"了。

说书并不专说书中的事,往往在可以旁生枝节的地方加入许多"穿插"。"穿插"的来源无非《笑林广记》之类,能够自出心裁的编排一两个"穿插"的当然是能手了。关于性的笑话最受听众欢迎,所以这类"穿插"差不多每回可以听到。最后的警句说了出来之后,满场听众个个哈哈大笑,一时合不拢嘴来。

书场设在茶馆里。除了苏州城里,各乡镇的茶馆也有书场。也不止苏州一地,大概整个吴方言区域全是这批说书人的说教地。直到如今还是如此。听众是士绅以及商人,以及小部分的工人农民。从前女人不上茶馆听书,现在可不同了。听书的人在书场里欣赏说书人的艺术,同时得到种种的人生经验:公子小姐的恋爱方式,吴用式的阴谋诡计,君师主义的社会观,因果报应的伦理观,江湖好汉的大块分金、大碗吃肉,超自然力的宰制人间、无法抵抗……也说不尽这许多,总之,那些人生经验是非现代的。

现在,书场又设到无线电播音室里去了。听众不用上茶馆,只要旋转那"开关",就可以听到叮叮咚咚的弦索声或者海瑞、华太师等人的一声长嗽。非现代的人生经验利用了现代的利器来传播,这真是时代的讽刺。

(原载 1934 年 10 月 5 日《太白》半月刊第 1 卷第 2 期)

昆　曲

　　昆曲本是吴方言区域里的产物,现今还有人在那里传习。苏州地方,曲社有好几个。退休的官僚,现任的善堂董事,从课业练习簿的堆里溜出来的学校教员,专等冬季里开栈收租的中年田主少年田主,还有诸如此类的一些人,都是那几个曲社里的社员。北平并不属于吴方言区域,可是听说也有曲社,又有私家聘请了教师学习的,在太太们,能唱几句昆曲算是一种时髦。除了这些"爱美的"唱曲家偶尔登台串演以外,职业的演唱家只有一个班子,这是唯一的班子了,就是上海"大千世界"的"仙霓社"。逢到星期日,没有什么事来逼迫,我也偶尔跑去看他们演唱,消磨一个下午。

　　演唱昆曲是厅堂里的事。地上铺一方红地毯,就算是剧中的境界;唱的时候,笛子是主要的乐器,声音当然不会怎么响,但是在一个厅堂里,也就各处听得见了。搬上旧式的戏台去,即使在一个并不宽广的戏院子里,就不及平剧那样容易叫全体观众听清。如果搬上新式的舞台去,那简直没法听,大概坐在第五六排的人就只看见演员拂袖按鬓了。我不曾做过考据功夫,不知道什么时候开始有演唱昆曲的戏院子。从一些零星的记载看来,似乎明朝时候只有绅富家里养着私家的戏班子。《桃花扇》里有陈定生一班文人向阮大铖借戏班子,要到鸡鸣埭上去吃酒,看他的《燕子笺》,也可以见得当时的戏不过是几十个人看看罢了。我十几岁的时候,苏州城外有演唱平剧的戏院子两三家,演唱昆曲的戏院子是不常有的,偶尔开设起来,开锣不久,往往因为生意清淡就停闭了。

昆曲彻头彻尾是士大夫阶级的娱乐品,宴饮的当儿,叫养着的戏班子出来演几出,自然是满写意的。而那些戏本子虽然也有幽期密约,盗劫篡夺,但是总要归结到教忠教孝,劝贞劝节,神佛有灵,人力微薄,这就除了供给娱乐以外,对于士大夫阶级也尽了相当的使命。就文词而言,据内行家说,多用词藻故实是不算希奇的,要像元曲那样亦文亦话才是本色。但是,即使像了元曲,又何尝能够句句像口语一样听进耳朵就明白?再说,昆曲的调子有非常迂缓的,一个字延长到十几拍,那就无论如何讲究辨音,讲究发声跟收声,听的人总之难以听清楚那是什么字了。所以,听昆曲先得记熟曲文;自然,能够通晓曲文里的故实跟词藻那就尤其有味。这又岂是士大夫阶级以外的人所能办到的?当初编撰戏本子的人原来不曾为大众设想,他们只就自己的天地里选一些材料,编成悲欢离合的故事,借此娱乐自己,教训同辈,或者发发牢骚。谁如果说昆曲太不顾到大众,谁就是认错了题目。

昆曲的串演,歌舞并重。舞的部分就是身体的各种动作跟姿势,唱到哪个字,眼睛应该看哪里,手应该怎样,脚应该怎样,都由老师傅传授下来,世代遵守着。动作跟姿势大概重在对称,向左方做了这么一个舞态,接下来就向右方也做这么一个舞态,意思是使台下的看客得到同等的观赏。譬如《牡丹亭》里的《游园》一出,杜丽娘小姐跟春香丫头就是一对舞伴,从闺中晓妆起,直到游罢回家止,没有一刻不是带唱带舞的,而且没有一刻不是两人互相对称的。这一点似乎比较平剧跟汉调来得高明。前年看见过一本《国剧身段谱》,详记平剧里各种角色的各种姿势,实在繁复非凡;可是我们去看平剧,就觉得演员很少有动作,如《李陵碑》里的杨老令公,直站在台上尽唱,两手插在袍甲里,偶尔伸出来挥动一下罢了。昆曲虽然注重动作跟姿势,也要演员能够体会才好,如果不知道所以然,只是死守着祖传来表演,那就跟木偶戏差不多。

昆曲跟平剧在本质上没有多大差别,然而后者比较适合于市民,而士大夫阶级已无法挽救他们的没落,昆曲恐将不免于淘汰。这跟麻将代替了围棋,豁拳代替了酒令,是同样的情形。虽然有曲社里的人在那里传习,然而可怜得很,有些人连曲文都解不通,字音都念不准,自以为风雅,实际上却是薛蟠那样的哼哼,活受罪,等到一个时会到来,他们再没有哼哼的余闲,昆曲岂不将就此"绝响"?这也没有什么可惜,昆曲原不过是士大夫阶级的娱乐品罢了。

有人说,还有大学文科里的"曲学"一门在。大学文科分门这样细,有了诗,还有词,有了词,还有曲,有了曲,还有散曲跟剧曲,有了剧曲,还有元曲研究跟传奇研究,我只有钦佩赞叹,别无话说。如果真是研究,把曲这样东西看做文学史里的一宗材料,还它个本来面目,那自然是正当的事。但是人的癖性往往会因为亲近了某种东西,生出特别的爱好心情来,以为天下之道尽在于此。这样,就离开"研究"二字不止十里八里了。我又听说某一所大学里的"曲学"一门功课,教授先生在教室里简直就教唱昆曲,教台旁边坐着笛师,笛声嘘嘘地吹起来,教授先生跟学生就一同嗳嗳嗳……地唱起来。告诉我的那位先生说这太不成话了,言下颇有点愤慨。我说,那位教授先生大概还没有知道,"仙霓社"的台柱子,有名的巾生顾传玠,因为唱昆曲没前途,从前年起丢掉本行,进某大学当学生去了。

这一回又是望道先生出的题目。真是漫谈,对于昆曲一点儿也没有说出中肯的话。

(原载1934年10月20日《太白》半月刊第1卷第3期)

天井里的种植

搬到上海来十多年,一直住的弄堂房子。弄堂房子,内地人也许不明白是什么式样。那是各所一律的:前墙通连,隔墙公用;若干所房子成为一排;前后两排间的通路就叫做"弄堂";若干条弄堂合起来总称什么里什么坊,表示那是某一个房主的房产。每一所房子开门进去是个小天井。天井,也许又有人不明白是什么。天井就是庭院;弄堂房子的庭院可真浅,只须三四步就跨过了,横里等于一所房子的阔,也不过五六步光景,如果从空中望下来,一定会觉得那个"井"字怪适当的。天井跨进去就是正间。正间背后横生着扶梯,通到楼上的正间以及后面的亭子间。因为房子并不宽,横生的扶梯够不到楼上的正间,碰到墙,拐弯向前去,又是四五级,那才是楼板。到亭子间可不用跨这四五级,所以亭子间比楼正间低。亭子间的下层是灶间;上层是晒台,从楼正间另一旁的扶梯走上去。近年来常常在文人笔下出现的亭子间就是这么局促闷损的居室。然而弄堂房子的结构确乎值得佩服;俗语说,"麻雀虽小,五脏俱全",弄堂房子就合着这样经济的条件。

住弄堂房子,非但栽不成深林丛树,就是几棵花草也没法种,因为天井里完全铺着水门汀。你要看花草只有种在花盆里。盆里的泥往往是反复地种过了几种东西的,一些养料早被用完,又没处去取肥美的泥土来加入;所以长出叶子来开出花朵来大都瘦小可怜。有些人家嫌自己动手麻烦,又正有余多的钱足以对付小小的奢侈的开支,就与花园约定,每个月送两回或者三回盆景来;这样,家里就长年有及时的花草,过了时的自有花匠带回去,真是毫不费事。然而这等人家的趣味大都在于不缺少照例应有的点缀,自己的生活跟花草的生活却并没有多大干系;只要看花匠带回去的,不是干枯了的叶子,就是折断了的枝干,可见我这话没有冤枉了他们。再有些人家从小菜场买一些折枝截茎的花草,拿回来就插在花瓶里,不像日本人那样讲究什么"花道",插成"乱柴把"或者"喜鹊窠"都不在乎;直到枯萎了,拔起来向垃圾桶一扔,就此完事。这除了"我家也有一点儿花草"以外,实在很少意味。

　　我们乐于亲近植物,趣味并不完全在看花。一条枝条伸出来,一张叶子展开来,你如果耐着性儿看,随时有新的色泽跟姿态勾引你的欢喜。到了秋天冬天,吹来几阵西风北风,树叶毫不留恋地掉将下来;这似乎最乏味了。然而你留心看时,就会发见枝条上旧时生着叶柄的处所,有很细小的一粒透露出来,那就是来春新枝条的萌芽。春天的到来是可以预计的,所以你对着没有叶子的枝条也不至于感到寂寞,你有来春看新绿的希望。这固然不值一班珍赏家的一笑,在他们,树一定要搜求佳种,花一定要能够入谱,寻常的种类跟谱外的货色就不屑一看;但是,果真能从花草方面得到真实的享受,做一个非珍赏家的"外行"又有什么关系。然而买一点折枝截茎的花草来插在花瓶里,那是无法得到这种享受的;叫花匠每个月送几回盆景来也不行,因为时间太短促,你不能读遍一种植物的生活史;自己动手弄盆栽当然比较好,可是植物入了盆犹如鸟进了笼,无论如何总显得拘束,滞钝,跟原来不一样。推究到底,只有把植物种在泥地里最好。可是哪来泥地呢?弄堂房子的天井里有的是坚硬的水门汀!

把水门汀去掉;我时时这样想,并且告诉别人。关切我的人就提出了驳议。有两说:又不是自己的房产,给点缀花木犯不着,这是一说;谁知道这所房子住多少日子,何必种了花木让别人看,这是又一说。前者着眼在经济;后者只怕徒劳而得不到报酬。这种见识虽然不能叫我信服,可是究属好意;我对他们都致了谢。然而也并没有立刻动手。直到三年前的冬季,才真个把天井里的水门汀的两边凿去,只留当中一道,作为通路。水门汀下面满是砖砾,烦一个工人用了独轮车替我运出去。他就从不很近的田野里载回来泥土,倒在凿开的地方。来回四五趟,泥土与留着的水门汀平了。于是我买一些植物来种下,计蔷薇两棵,紫藤两棵,红梅一棵,芍药根一个。蔷薇跟紫藤都落了叶,但是生着叶柄的处所,萌芽的小粒已经透出来了;红梅满缀着花蕾,有几个已经展开了一两瓣;芍药根生着嫩红的新芽,像一个个笔尖,尤其可爱。我希望它们发育得壮健些,特地从江湾买来一片豆饼,融化了,分配在各棵的根旁边;又听说芍药更需要肥料,先在安根处所的下边埋了一条猪的大肠。

不到两个月,"一·二八"战役起来了。停战以后,我回去捡残余的东西。天井完全给碎砖断板掩没了。只红梅的几条枝条伸出来，还留着几个干枯的花萼；新叶全不见，大概是没命了。当时心里充满着种种的忿恨，一瞥过后，就不再想到花呀草呀的事。后来回想起来，才觉得这回的种植真是多此一举。既没有点缀人家的房产，也没有让别人看到什么，除了那棵红梅总算看见它半开以外，一点儿效果都没有得到，这才是确切的"犯不着"。然而当初提出驳议的人并不曾想到这一层。

去年秋季，我又搬家了。经朋友指点，来看这所房子，才进里门，我就中了意，因为每所房子的天井都留着泥地，再不用你费事，只一条过路涂的水门汀。搬了进来之后，我就打算种点儿东西。一个卖花的由朋友介绍过来了。我说要一棵垂柳，大约齐楼上的栏干那么高。他说有，下礼拜早上送来。到了那礼拜天，一家人似乎有一位客人将要到来，都起得很早。但是，报纸送来了，到小菜场去买菜的回来了，垂柳却没有消息。那卖花的"放生"了吧，不免感到失望。忽然，"树来了！树来了！"在弄堂里赛跑的孩子叫将起来。三个人扛着一棵绿叶蓬蓬的树，到门首停下；不待竖直，就认知这是柳树而并不是垂柳。为什么不送一棵垂柳来呢？种活来得难哩，价钱贵得多哩，他们说出好些理由。不垂又有什么关系，具有生意跟韵致是一样的。就叫他们给我种在门侧；正是齐楼上的栏干那么高。问多少价钱，两块四，我照给了。人家都说太贵，若在乡下，这样一棵柳树值不到两毛钱。我可不这么想。三个人的劳力，从江湾跑了十多里路来到我这里，并且带来一棵绿叶蓬蓬的柳树，还不值这点儿钱吗？就是普通的商品，譬如四毛钱买一双袜子，一块钱买三罐香烟，如果撇开了资本吸收利润这一点来说，付出的代价跟取得的享受总有些抵不过似的，因为每样物品都是最可贵的劳力的化身,而付出的代价怎样来的,未必每个人没有问题。

柳树离开了土地一些时,种下去过了三四天,叶子转黄,都软软地倒垂了;但枝条还是绿的。半个月后就是小春天气,接连十几天的暖和,枝条上透出许多嫩芽来;这尤其叫人放心。现在吹过了几阵西风,节令已交小寒,这些嫩芽枯萎了。然而清明时节必将有一树新绿是无疑的。到了夏天,繁密的柳叶正好代替凉棚,遮护这小小的天井:那又合于家庭经济原理了。

柳树以外我又在天井里种了一棵夹竹桃,一棵绿梅,一条紫藤,一丛蔷薇,一个芍药根,以及叫不出名字来的两棵灌木;又有一棵小刺柏,是从前住在这里的人家留下来的。天井小,而我偏贪多;这几种东西长大起来,必然彼此都不舒服。我说笑话,我安排下一个"物竞"的场所,任它们去争取"天择"吧。那棵绿梅花蕾很多,明后天有两三朵要开了。

(原载 1935 年 2 月 1 日《中学生》第 52 号)

近来得到的几种赠品

两个月前,接到厦门寄来一封信。拆开来看,是不相识的广洽和尚写的;附带赠给我一张弘一法师最近的相片。信上说我曾经写过那篇《两法师》,一定乐于得到弘一法师的相片。料知人家欢喜什么,就让人家享有那种欢喜,遥远的阻隔不管,彼此还没相识也不管!这种情谊是非常可感的。我立刻写信回答广洽和尚;说是谢,太浮俗了,我表示了永远感激的意思。

相片是六寸的,并非"艺术照相",布局也平常,跟身旁放着茶几,茶几上供着花盆茶盅的那些相片差不多。寺院的石墙作为背景,正受阳光,显得很亮;靠左一个石库门,门开着,画面就有了乌黑的长方形。地上铺着石板,平,干净。近墙种一棵树,比石库门高一点儿,平行脉叶很阔大,不知道是什么;根旁用低低的石栏围成四方形,栏内透出些兰草似的东西。一张半桌放在树前面,铺着桌布;陈设的是两叠经典,一个装着画佛的镜框子,还有一个花瓶,瓶里插着菊科的小花。这真所谓一副拍照的架子;依弘一法师的艺术眼光看来,也许会嫌得太呆板了。然而他对不论什么都欢喜满足,人家给他这样布置了请他坐下来的时候,他大概连连地说"好的,好的"吧。他端坐在半桌的左边;披着袈裟,折痕很明显;右手露出在袖外,拈着佛珠;脚上还是穿着行脚僧的那种布缕扭成的鞋。他现在不留胡须了,嘴略微右歪,眼睛细小,两条眉毛距离得很远;比较前几年,他显得老了,可是他的微笑里透露出更多的慈祥。相片上题着十个字:"甲戌九月居晋水兰若造",是他的亲笔;照相师给印在前方垂下来的桌布上,颇难看。然而我想,他看见的时候,大概也是连连地说"好的,好的"吧。

收到了照片以后不多几天,弘一法师托人带来两个瓷碟子,送给丏尊先生跟我。郑重地封裹着,一张纸里面又是一张纸;纸面写上嘱咐的话,请带来的人不要重压。贴着碟子有个字条子:"泉州土产瓷碟二个,绘画美丽,堪与和兰瓷媲美,以奉丏尊圣陶二居士清赏。一音。"书法极随便,不像他写经语佛号的字幅那样谨严,然而没有一笔败笔,通体秀美可爱。

瓷碟子的直径大约三寸,土质并不怎样好,涂上了釉,白里泛点儿青,跟上海缸甏店里出卖的最便宜的碗碟差不多。中心画着折枝;三簇叶子像竹叶,另外几簇却又像蔷薇;花三朵,都只有阔大的五六瓣,说不来像什么;一只鸟把半朵花掩没了,全身轮廓作半月形,翅膀跟脚都没有画。叶子着的淡绿;花跟鸟头,淡硃;鸟身和鸟眼是几乎辨不清的淡黄。从笔姿跟着色看,很像小学生的美术课成绩。和兰瓷是怎样的,我没有见过;只觉得这碟子比那些金边的画着工细的山水人物的可爱。可爱在哪里,贪图省力的回答自然只消说"古拙"二字;要说得精到些,恐怕还有旁的道理呢。

前面说起照片,现在再来记述一张照片。贺昌群先生游罢华山,寄给我一张十二寸的放大片。前几年他在上海,亲手照的相我见过好些,这一张该是他的"得意之作"了。

这一张是直幅,左边峭壁,右边白云,把画面斜分成两半。一条栈道从左下角伸出来,那是在山壁上凿成的仅能通过一个人的窄路;靠右歪斜地立着木栏干,有几个人扶着木栏干向上走。路一转往左,就只见深黑的一道裂缝;直到将近左上角,给略微突出的石壁遮没了。后面的石壁有三四处极大的凹陷,都深黑,使人想那些也许是古怪的洞穴。所有的石壁完全赤裸裸的,只后面的石壁的上部挺立着一丛柏树:枝条横生,疏疏落落地点缀着细叶,类似"国画"的笔法。右边半幅白云微微显出浓淡;右上角还有两搭极淡的山顶,这就不嫌寂寞,勾引人悠远的想象。——这里叫做长空栈,是华山有名的险峻处所。

最近接到金叶女士封寄的两颗红豆。附信大意说,家乡寄来一些红豆,同学看见了,一抢而光。这两颗还是偷偷地藏起来的,因为好玩,就寄给我。过一些时,还要变得鲜艳呢。从小读"红豆生南国"的诗,就知道"红豆"这个名称,可是没有见过实物。现在金叶女士使我长些见识,自然欢喜。

红豆作扁荷包形,跟大豆蚕豆绝不相像。皮砵红色,光泽;每面有不规则形的几搭略微显得淡些。一条洁白的脐生在荷包开口的部分,像小孩的指甲。红豆向来被称为树,而有这生在荚内的果实,大概是紫藤一般的藤本。豆粒很坚硬,听说可以久藏。如果拿来镶戒指,倒是别有意趣的。

这里记述了近来得到的几种赠品。比起名画跟古董来,这些东西尤其可贵,因为这些东西浸渍着深厚的情谊。

(原载 1935 年 2 月 15 日《新小说》月刊创刊号,1983 年编入《叶圣陶散文甲集》改题名为《几种赠品》)

过　节

逢到节令,我们遵照老例祭祖先。苏州人把祭祖先特称为"过节"。别地方人买一些酒菜,大家在节日吃喝一顿,叫做"过节";苏州人对于这两个字似乎没有这样用法。

过节以前,母亲早已把纸锭折好了。纸锭的原料是锡箔,是绍兴地方的特产。前几年我到绍兴,在一个土山上小立,只听得密集的市屋间传出达达的声音,互相应答,就是在那里打锡箔。

我家过节共有三桌。上海弄堂房子地位狭窄,三桌没法同时祭,只得先来两桌,再来一桌。方桌子仅有一只,只得用小圆桌凑数。本来是三面设坐位的,因为椅子不够,就改为只设一面。杯筷碗碟拿不出整齐的全套,就取杂色的来应用。蜡盏弯了头。香炉里香灰都没有,只好把三支香搁在炉口就算。总之,一切都马虎得很。好在母亲并不拘于成规,对于这一切马虎不曾表示过不满。但是我知道,如果就此废止过节,一定会引起她的不快。所以我从没有说起废止过节。

供了香,斟了酒,接着就是拜跪。平时太少运动了,才过四十岁,膝关节已经硬化,跪下去只觉得僵僵的,此外别无所思。

在满坐的祖先中间,记忆得最真切的是父亲与叔父,因为他们过世最后。但是我不能想象他们与十几位祖先挤坐在两把椅子上举杯喝酒举筷吃菜的情状。又有一个十一岁上过世的妹妹,今年该三十八了,母亲每次给她特设一盘水果,我也不能想象她剥橘皮吐桃核的情状。

从前父亲叔父在日,他们的拜跪就不相同。容貌显得很肃穆,一跪三叩之后,又轻轻叩头至数十回,好像在那里默祷,然后站起来,恭敬地离开拜位。所谓"祭如在","临事而敬",他们是从小就成为习惯了的。新教育的推行与时代的转变把古传的精灵信仰打破,把儒家的报本返始的观念看得并没有什么了不起,于是"如在"既"如"不起来,"临事"自不能装模作样地虚"敬",只成为一种毫无意义的例行故事:这原是必然的。

几个孩子有时跟着我拜,有时说不高兴拜,也就让他们去。焚化纸锭却是他们欢喜干的事,在一个搪瓷面盆里慢慢地把纸锭加进去,看它们给火焰吞食,一会儿变成白色的灰烬,仿佛有冬天拨弄炭火盆那种情味。孩子们所知道的过节,第一自然是吃饭时有较好较多的菜;第二,这是家庭里的特种游戏,一年内总得表演几回的。至于祖先会扶老携幼到来,分着左昭右穆坐定,吃喝一顿之后,又带着钱钞回去:这在孩子是没法想象的,好比我不能想象父亲叔父会到来参加这家族的宴飨一样。从这一点想,虽然逢时过节,对于孩子大概不至于有害吧。

(原载 1935 年 7 月 15 日《创作》月刊第 1 卷第 1 期)

记游洞庭西山

四月二十三日,我从上海回苏州,王剑三兄要到苏州玩儿,和我同走。苏州实在很少可以玩儿的地方,有些地方他前一回到苏州已经去过了,我只陪他看了可园,沧浪亭,文庙,植园以及顾家的怡园,又在吴苑吃了茶,因为他要尝尝苏州的趣味。二十五日,我们就离开苏州,往太湖中的洞庭西山。

洞庭西山周围一百二十里,山峰重叠。我们的目的地是南面沿湖的石公山。最近看到报上的广告,石公山开了旅馆,我们才决定到那里去。如果没有旅馆,又没有住在山上的熟人,那就食宿都成问题,洞庭西山是去不成的。

上午八点,我们出胥门,到苏福路长途汽车站候车。苏福路从苏州到光福,是商办的,现在还没有全线通车,只能到木渎。八点三刻,汽车到站,开行半点钟就到了木渎,票价两毛。经过了市街,开往洞庭东山的裕商小汽轮正将开行,我们买西山镇夏乡的票,每张五毛。轮行半点钟出胥口,进太湖。以前在无锡鼋头渚,在邓尉还元阁,只是望望太湖罢了,现在可亲身在太湖的波面,左右看望,混黄的湖波似乎尽量在那里涨起来,远处水接着天,间或界着一线的远岸或是断断续续的远树。晴光照着远近的岛屿,淡蓝,深翠,嫩绿,色彩不一,眼界中就不觉得单调,寂寞。

十二点一刻到达西山镇夏乡,我们跟着一批西山人登岸。这里有码头,不像先前经过的站头,登岸得用船摆渡。码头上有人力车,我们不认识去石公山的路,就坐上人力车,每辆六毛。和车夫闲谈,才知道西山只有十辆人力车,一般人往来难得坐的。车在山径中前进,两旁尽是桑树茶树和果木,满眼的苍翠,不常遇见行人,真像到了世外。果木是柿、橘、梅、杨梅、枇杷。梅花开的时候,这里该比邓尉还要出色。杨梅干枝高大,屈伸有姿态,最多画意。下了几回车,翻过了几座不很高的岭,路就围在山腰间,我们差不多可以抚摩左边山坡上那些树木的顶枝。树木以外就是湖面,行到枝叶茂密的地方,湖面给遮没了,但是一会儿又露出来了。

十二点三刻,我们到了石公饭店。这是节烈祠的房子,五间带厢房,我们选定靠西的一间地板房,有三张床铺,价两元。节烈祠供奉全西山的节烈妇女,门前一座很大的石牌坊,密密麻麻刻着她们的姓氏。隔壁石公寺,石公山归该寺管领。除开一祠一寺,石公山再没有房屋,唯有树木和山石而已。这里的山石特别玲珑,从前人有评石三字诀叫做"皱,瘦,透",用来品评这里的山石,大部分可以适用。人家园林中有了几块太湖石,游人就徘徊不忍去,这里却满山的太湖石,而且是生着根的,而且有高和宽都达几十丈的,真可以称大观了。

饭店里只有我们两个客,饭菜没有预备,仅能做一碗开阳蛋汤。一会儿茶房高兴地跑来说,从渔人手里买到了一尾鲫鱼,而且晚饭的菜也有了，一小篮活虾，一尾很大的鲫鱼。问可有酒，有的，本山自制，也叫竹叶青。打一斤来尝尝，味道很清，只嫌薄些。

吃罢午饭，我们出饭店，向左边走，大约百步，到夕光洞。洞中有倒挂的大石，俗名倒挂塔。洞左右壁上刻着明朝人王鏊所写的寿字，笔力雄健。再走百多步，石壁绵延很宽广，题着"联云幛"三个篆字。高头又有"缥缈云联"四字，清道光间人罗绮的手笔。从这里向下到岸滩，大石平铺，湖波激荡，发出汩汩的声音。对面青青的一带是洞庭东山，看来似乎不很远，但是相距十八里呢。这里叫做明月浦，月明的时候来这里坐坐，确是不错。我们照了相，回到山上，从所谓一线天的裂缝中爬到山顶。转向南往下走，到来鹤亭，下望节烈祠和石公寺的房屋，整齐，小巧，好像展览会中的建筑模型。再往下有翠屏轩。出石公寺向右，经过节烈祠门首，到归云洞。洞中供奉山石雕成的观音像，比人高两尺光景，气度很不坏，可惜装了金，看不出雕凿的手法。石公全山面积一百八十多亩，高七十多丈，不过一座小山罢了，可是山石好，树木多，就见得丘壑幽深，引人入胜。

回饭店休息了一会儿，我们雇一条渔船，看石公南岸的滩面。滩石下面都有空隙，波涛冲进去，作鸿洞的声响，大约和石钟山同一道理。渔人问还想到哪里去，我们指着南面的三山说，如果来得及回来，我们想到那边去。渔人于是张起风帆来。横风，船身向右侧，船舷下水声哗哗哗。不到四十分钟，就到了三山的岸滩。那里很少大石，全是磨洗得没了棱角的碎石片。据说山上很有些殷实的人家，他们备有枪械自卫，子弹埋在岸滩的芦苇丛中，临时取用，只他们自己有数。我们因为时光已晚，来不及到乡村里去,只在岸滩照了几张照片,就迎着落日回船。一个带着三弦的算命先生要往西山去,请求附载,我们答应了。这时候太阳已近地平线,黄水染上淡红,使人起苍茫之感。湖面渐渐升起烟雾,风力比先前有劲,也是横风,船身向左侧,船舷下水声哗哗哗,更见爽利。渔人没事,请算命先生给他的两个男孩子算命。听说两个都生了根,大的一个还有贵人星助命,渔人夫妻两个安慰地笑了。船到石公山,天已全黑。坐船共三小时,付钱一块二毛。饭店里特地为我们点了汽油灯,喝竹叶青,吃鲫鱼和虾仁,还有咸芥菜,味道和白马湖出品不相上下。九时息灯就寝。听湖上波涛声,好似风过松林,不久就入梦。

二十六日早上六时起身。东南风很大,出门望湖面,皱而暗,随处涌起白浪花。吃过早餐,昨天约定的人力车来了,就离开饭店,食宿小帐共计六块多钱。沿昨天来此的原路,我们向镇夏乡而去。淡淡的阳光渐渐透出来,风吹树木,满眼是舞动的新绿。路旁遇见采茶妇女,身上各挂一只篾篓,满盛采来的茶芽。据说这是今年第二回采摘,一年里头,不过采摘四五回罢了。在镇夏乡寄了信,走不多路,到林屋洞,洞口题"天下第九洞天"六个大字。据说这个洞像房屋那样有三进,第一进人可以直立,第二三进比较低,须得曲身而行。再往里去,直通到湖广。凡有山洞处,往往有类似的传说,当然不足凭信。再走四五里,到成金煤矿,遇见一个姓周的工头,峄县人,和剑三是大同乡,承他告诉我们煤矿的大概。这煤矿本来用土法开采,所出烟煤质地很好,运到近处去销售,每吨价六七块钱,比远来的煤便宜得多。现在这个矿归利民矿业公司经营,占地一万七千亩。目前正在开凿两口井,一口深十七丈,又一口深三十丈,彼此相通。一个月以后开凿成功,就可以用机器采煤了。他又说,西山上除开这里,矿产还很多呢。他四十三岁,和我同年,跑过许多地方,干了二十来年的煤矿,没上过矿业学校,全凭实际得来的经验。谈吐很爽直,见剑三是同乡,殷勤的情意流露在眉目间。剑三给他照了个相,让他站在他亲自开凿的井旁边。回到镇夏乡正十一点。付人力车价,每辆一块二毛半。在面馆吃了面,买了本山的碧螺春茶叶,上小茶楼喝了两杯茶,向附近的山径散步了一会儿,这才挨到午后两点半。裕商小汽轮靠着码头,我们冒着狂风钻进舱里,行到湖心,颠簸摇荡,仿佛在海洋里。全船的客人不由得闭目垂头,现出困乏的神态。

(原载 1936 年 5 月 5 日《越风》半月刊第 13 期)

假　山

佩弦到苏州来，我陪他看了几个花园。花园都有假山，作为园子的主要部分。假山下大都是荷花池。亭台轩榭之类就环拱着假山和池塘布置起来。佩弦虽是中年人，而且身子比较胖，却还有小孩的心性，看见假山总想爬。我是幼年时候爬熟了这几座假山了，现在再没有这种兴致，只是坐定在一处地方对着假山看看而已。

假山实在算不得一件好看的东西。乱石块堆叠起来，高高低低，凹凹凸凸，且不说天下决没有这样的山，单说阳光照在上面，明一块，暗一块，支离破碎，看去总觉得不顺眼。石块与石块的胶粘处不能不显出一些痕迹，旧了的还好，新修的用了水门汀，一道道僵白色真令人难受。玄墓山下有一景，叫做"真假山"，是山脚露出一些石块，有洞穴，有皱襞，宛如用湖石堆成的一般。胶粘的痕迹自然没有，走近去看还可以鉴赏山石的"皱法"。然而合着玄墓山一起看，这反而成为一个破绽，跟全山的调子不协调。可观的"真假山"，依我的浅见，要算太湖中洞庭西山的石公山了。那里全山是湖石，洞穴和皱襞俯拾即是,可是浑然一气。又有几十丈高的嶂壁,比虎丘"千人石"大得多的石滩,真当得上"雄奇"二字。看了石公山再来看花园里的假山,只觉得是不知哪一个石匠把他的石料寄存在这里罢了。

假山上大都种树木,盖亭子。往往整个假山都在树木的荫蔽之下,而株数并不多,少的简直只有一株。亭子里总得摆一张石桌,可以围坐几个人,一座亭子镇压着整个所谓"山峰"也是常有的事。这就显得非常不相称。你着眼在山一方面,树木和亭子未免太大了,如果着眼在树木和亭子一方面,山又未免小得可笑了。《浮生六记》里的《闲情记趣》开头说:

> 留蚊于素帐中,徐喷以烟,使其冲烟飞鸣,作青云白鹤观,果如鹤唳云端,怡然称快。于土墙凹凸处,花台小草丛杂处,常蹲其身,使与台齐,定神细观。以丛草为林,以虫蚁为兽,以土砾凸者为邱,凹者为壑,神游其中,怡然自得。

这不失为很好的幻想。作者所以能"怡然称快","怡然自得",在乎比拟得相称。以烟为云,自不妨以蚊为鹤;以丛草为树林,以土砾为邱壑,自不妨以虫蚁为走兽。假若在蚊帐中"徐喷以烟",而捕一只麻雀来让它逃来逃去,或者以丛草为树林,而让一只猫蹲在丛草之上,这就凝不成"青云白鹤"和"林壑幽深"的幻想,也就无从"怡然"了。假山上长着大树,盖着亭子,情形正跟上面所说的相类。不相称的东西硬凑在一起,只使人觉得是大树长在乱石堆上,亭子盖在乱石堆上而已。

据说假山在花园中起障蔽的作用。如果全园的景物一目了然,东边望得到西边,南边望得到北边,那就太不曲折,太没有深致了。有假山障蔽着,峰回路转,又是一番景象,这才引人入胜。这个话当然可以承认,而且有一些具体的例子证明这个作用的价值。顾家的怡园,靠西一带假山把全园的景物遮掩了,你走到假山的西边去,回廊和旱船显得异常幽静,假山下的一湾水好像是从远处的泉源通过来的(其实就是荷花池中的水),引起你的遐想。还有,拙政园的进园处类似从前衙署中的二门,如果门内留着空旷处所,从园中望出来就非常难看。当初设计的人为弥补这个缺陷,在门内堆了一座假山,使你身在园中简直看不见那一道门。可见假山的障蔽作用确有它的价值。然而障蔽不一定要用假山。在园林建筑上,花墙极受重视,也为它的障蔽作用。墙上砌成各式各样的镂空图案,透着光,约略看得见隔墙的景物。这种"隔而不隔"的手法,假若使用得适当,比较堆假山作障蔽更有意思。此外,丛树也可以作障蔽之用。修剪得法,一丛树木还可以当一幅画看。用假山,固然使花园增加了曲折和深致,但是也引起了一堆乱石之感。利弊相较,孰轻孰重,正难断言。

依传统说法,假山并不重在真有山林之趣,假山本来是假山。路径的盘曲,层次的繁复,凡是山上所有的景物,如绝壁,危梁,岩洞,石屋,应有尽有,正合"麻雀虽小,五脏俱全"的谚语,在这等地方,显出设计的人的匠心。而假山的可贵也就在此。有名的狮子林,大家都说它了不起,就为那假山具有上面所说的那些条件。我小时候还没到过狮子林,长辈告诉我说,那里的假山曲折得厉害,两个人同在山上,看也看得见,手也握得着,但是他们要走到一条路上,还得待小半天呢。后来我去了,虽然不至于小半天,走走的确要好些时间。沿着高下屈曲的路径走,一路上遇见些"具体而微"的山上应有的景物。总之是层次多,阻隔多。就从这个诀窍,产生了两个人看得见而不能立刻碰头的效果。要堆这样一座假山当然不是容易事,不比建筑整整齐齐的房屋,可以预先打好平面和剖面的图样。这大概是全凭胸中的一点意象,堆上了,看看不对就卸下,卸下了,想停当了,再堆上,这样精心经营,直到完工才得休歇。然而不容易的事不一定做成功具有艺术价值的东西。在芝麻大的一粒象牙上刻一篇《陋室铭》,难是难极了,可是这东西终于是工匠的制品,无从列入艺术之林。你在假山上爬来爬去,只觉得前后左右都是石块,逼窄得很。遇见一些峭壁悬崖,你得设想自己缩到一只老鼠那样小才有味。如果你忘不了自己是个人,让躯体跟峭壁悬崖对照,那就像走进了小人国一般,峭壁悬崖再没有什么气魄,只见得滑稽可笑了。爬到"绝顶"的时候,且不说一览宇宙之大,你总要想来一下宽广的眺望吧。但是糟得很,什么堂什么轩的屋顶就挤在你眼前,你可以辨认那遗留在瓦楞上的雀粪。真山真水若是自然手创的艺术品,假山便是人类的难能而不可贵的"匠"制。凡是可以从真山真水得到的趣味,假山完全没有。

看既没有可看,爬又无甚意趣,为什么花园里总得堆一座假山呢?山不可移。叠起一堆乱石来硬叫它山,石块当然不会提抗议。而主人翁便怡然自得,心里想:"万物皆备于我矣,我的花园里甚至有了山。"舒服得无可奈何的人往往喜爱"万物皆备于我",古董、珍宝、奇花、异卉、美人、声伎,样样都要,岂可独缺名山?堆了假山,虽然眼中所见的到底不是山,而心中总之有了山了,于是并无遗憾。兴到时吟吟诗,填填词,尽不妨夸张一点儿,"苍崖千丈"呀,"云气连山"呀,写上一大套征求吟台酬和,作为消闲的一法。这不过随便揣想罢了,从前的绅富爱堆假山究竟是这个意思不是,当然不能说定。

(原载 1936 年 10 月 16 日《宇宙风》半月刊第 27 期)

弘一法师的书法

弘一法师对于书法是用过苦功的。在夏丏尊先生那里,见到他许多习字的成绩,各体的碑帖他都临摹,写什么像什么。这大概由于他画过西洋画的缘故。西洋画的基本练习是木炭素描,一条线条,一笔烘托,都得和摆在面前的实物不差分毫。经过这样训练的手腕和眼力,运用起来自然能够十分准确,达到得心应手的境界。于是写什么像什么了。

艺术的事情大多始于摹仿,终于独创。不摹仿打不起根基,摹仿一辈子,就没有了自我,只好永远追随人家的脚后跟。但是不用着急,凭真诚的态度去摹仿的,自然而然会有蜕化的一天。从摹仿中蜕化出来,艺术就得到了新的生命——不傍门户,不落窠臼,就是所谓独创了。弘一法师近几年来的书法,可以说已经到了这般地步。可是我们不要忘记,他是用了多年的苦功,临摹各体的碑帖,而且是写什么像什么的。

弘一法师近几年来的书法,有人说近于晋人。但是,摹仿的哪一家呢?实在指说不出。我不懂书法,然而极喜欢他的字。若问他的字为什么使我喜欢,我只能直觉地回答,因为他蕴藉有味。就全幅看,好比一堂温良谦恭的君子人,不亢不卑,和颜悦色,在那里从容论道。就一个字看,疏处不嫌其疏,密处不嫌其密,只觉得每一笔都落在最适当的位置上,不容移动一丝一毫。再就一笔一画看,无不使人起充实之感,立体之感。有时候有点儿像小孩子所写的那样天真,但是一面是原始的,一面是成熟的,那分别又显然可见。总括以上的话,就是所谓蕴藉,毫不矜才使气,功夫在笔墨之外,所以越看越有味。

这样浅薄的话,方家或许要觉得好笑,可是我不能说我所不知道的话,只得暴露自己的浅薄了。

(原载 1937 年 1 月 17 日厦门《星光日报》"弘一法师特刊")

乐山被炸

日本飞机轰炸乐山的那一天，我在成都。成都也发了警报，我和徐中舒兄出了新西门，在田岸上走，为了让一个老婆子，我的右脚踹到稻田里去了，鞋袜都沾满了泥浆。一会儿我们的飞机起飞了，两架一起，三架一起，有的径往东南飞去，有的在晴朗的空中打圈子，也数不清起飞了多少架，只觉得飞机声把浓绿的大平原笼罩住了。田岸上的人一路走，时常抬起头来眯着眼望天空，待望见了一个银灰色的颗粒，感慰的兴奋的神色就浮上了脸，仿佛说，我们准备好了，你们来吧！

我们在一条溪沟旁边的竹林里坐了一点钟光景，又在中舒兄的朋友的草屋里歇了将近两点钟，并且吃了午饭，警报解除了，日本飞机没有来。哪知道就在这一段时间里，我们寄居的乐山城毁了大半，有两千以上的人丧失了生命。我的寓所也毁了，从书籍衣服到筷子碗盏，都烧成了灰；我的一家人慌忙逃难，从已经烧着了的屋子里，从静寂得不见一个人只见倒地的死尸的小巷子里，从日本飞机的机枪扫射之下，赶到了岷江边，渡过了江，沿着岸滩向北跑，一直跑了六七里路，又渡过江来到昌群兄家里，这才坐定下来喘一口气。

我和徐中舒兄回进城里，听到传说很多，泸州被炸了，自流井被炸了，提到的地方总有八九处。到了四点半的时候，知道被炸的是乐山。消息从防空机关里传出来，而且派去察看的飞机已经回来了，全城毁了四分之三，火还没有扑灭呢。那是千真万确的了，多数人以为该不至于被炸的乐山，竟然被炸了。

为什么要轰炸乐山呢？乐山有唐朝时候雕凿的大佛，有相传是蛮子所居实在是汉朝人的墓穴的许多蛮洞，有凌云乌尤两个古寺，有武汉大学，有将近十万居民，这些难道是轰炸的目标吗？打仗本来没有什么公定的规则，所谓不轰炸不设防城市，乃是从战斗的道德观念演绎出来的。光明的勇敢的战斗员都有这种道德观念。彼此准备停当了，你一拳来，我一脚去，实力比较来得的一方打倒了对方，那才是光荣的胜利。如果乘对方的不防备，突然冲过去对准要害就来个冷拳，那么即使把对方打得半死，得到的也只是耻辱而不是胜利，因为这个人违背了战斗的道德。多数住在乐山的人以为乐山该不至于被炸，一半就由于料想日本军人也有这种道德观念。他们似乎忘却了几乎每天的报纸都记载着的事例，要是不忘记那些事例，日本军人并没有这种道德观念是显然的。他们存着极端不真切的料想，又把自己的身家性命作为赌注，果然，他们输了。我是他们中间的一个，我也输了。

那一夜差不多没有阖眼。想我的寓所在岷江和大渡河合流的尖嘴上，那是日本飞机最先飞过的地方，决不会不被炸；想我家每次听见了警报总是守在寓里，不过江，也不往山野里跑，这回一定也是这样，那就不堪设想了；想日本飞机每次来轰炸，就有多少人死了父母，伤了妻子，人家的人都可以牺牲，我家的人哪有特别不应该牺牲的理由？但是，只要家里有一个人断了一条臂或者折了一条腿，那就是全家人永久的痛苦。如果情形比断一条臂折一条腿还要严重呢？如果不只是一个人而是几个人呢？如果老小六口都烧成了焦炭呢？我要排除那些可怕的想头，故意听窗外的秋虫声，分辨音调和音色的不同，可是没有用，分辨不到一分钟，虫声模糊了，那些可怕的想头又钻进心里来了。

第二天上午八点钟，一辆小汽车载着五个归心如箭的人开行了。沿路的景物，没有心绪看；公路上的石子弹起来，打着车底的钢板当当发响，也不再嫌它讨厌了；大家数着路旁的里程标，"走了几公里了，剩下几公里了"，这样屡次地说着。那些里程标好像搬动过了，往常的一公里似乎没有那么长。

总算把一百六十多个里程标数完了。从乱哄哄的人丛中，汽车开进了嘉乐门，心头深切地体验到"近乡情更怯，不敢问来人"的况味。忽然有人叫我，向我招手。定神看时，见是吴安真女士，"怎么样？"我慌张地问。

"你们一家人都好的，在贺昌群先生家里了。"听了这个话，我又深切地体验到"疑是梦里"并不是夸饰的修辞。

跑到昌群兄家里，见着老母以下六口，没有一个人流了一滴血，擦破了一处皮肤，那是我们的万幸。他们告诉我寓中一切都烧了；那是早在意料之中的事，我并不感到激动。他们告诉我逃难时候那种慌急狼狈的情形；我很懊悔到了成都去，没有同他们共尝这一份惶恐和辛苦。他们告诉我从火场中检出来的死尸将近上千了；那些人和我们一样，牺牲的机会在冥冥之中等候着，他们不幸竟碰上了,那比较听到一个朋友或是亲戚寻常病死的消息,我觉得难受得多。最后,他们告诉我在日本飞机还没飞走的时候,武大和技专的同学出动了,拆卸正在燃烧的房子,扛抬受了伤的人和断了气的尸体,真有奋不顾身的气概;听到这个话,我激动得流了泪。在成都听人说起那一回成都被炸,中央军校的全体同学立刻出动,努力救火救人,我也激动得流了泪。那是教育奏效的凭证,那是青年有为的凭证。把这种舍己为群的精神推广开来,什么事情做不成呢。

  被炸以后的两个月中间,我家都忙着置备一切器物。新的寓所租定了,在城外一座小山下,就搬了进去。粗陶碗,毛竹筷子,一样可以吃饭;土布衣衫穿在身上,也没有什么不舒服;三间面对田野的矮屋,比以前多了好些阳光和清新空气。轰炸改变了我的什么呢?到现在事隔半年了,在曾经是闹市区的瓦砾堆上,又筑起了白木土墙的房屋,各种店铺都开出来了。和被炸的别处地方以及沦为战区的各地一样,还是没有一个人显得颓唐,怨恨到抗战的国策;这是说给日本军人听也不会相信的。

1940年2月9日作

(原载1940年4月5日《中学生》战时半月刊第20期)

答复朋友们

　　五十岁,一个并不算大的年纪。就是大到七十八十,又有什么意思?七十八十的老人,男的女的,哪儿都可以见到。若说"知非"啊,"知天命"啊,能够办到,当然不错;可惜蘧伯玉跟孔子的那种人生境界,我一丝儿也没有达到。生日到了,跟四十九四十八那时候一样,依从旧例,买几斤切面,煮了全家吃,此外就不想什么。有几位朋友说我乡居避寿,其实不确切;我本来乡居,因为乡间房价比较低,又省得"跑警报";至于寿不寿,的确没有想起。

　　承蒙朋友们的好意,把我作为题目,写了些文字,我倒清楚的意识起五十岁来了。大概不会活一百年吧,如今五十岁,道路已经走了大半截。走过的是走过了,"已然"的没法叫它"不然";倒是余下的小半截路,得打算好好的走。

　　朋友们的文字里,都说起我的文字跟为人;这两点,这自己知道得清楚,都平庸。为人是根基,平庸的人当然写不出不平庸的文字。我说我为人平庸,并不是指我缺少种种常识,不能成为专家;也不是指我没有干什么事业,不当教员就当编辑员;却是指我在我所遭遇的生活之内,没有深入它的底里,只在浮面的部分立脚。这样的平庸,好比一个皮球泄了气,瘪瘪的;假如人生该像个滚圆的皮球的话,这平庸自然要不得。

像个滚圆的皮球的人生,其人必然是诗人,广义的诗人。写不写诗没关系,生活本身就是诗。如果写,其诗必然是好诗,即使不用诗的形式也还是好诗。屈原、陶潜、杜甫、苏轼、托尔斯泰、易卜生,他们假如没有什么作品,照样是诗人,说他们的作品可爱,诚然不错,但是,假如说他们那诗人的本质可爱,尤其推究到根柢。

为要写些什么,故意往生活里钻,这是本末倒置的办法,我知道没有道理。可是,一个人本当深入生活的底里,懂得好恶,辨得是非,坚持有所为有所不为,实践如何尽职如何尽伦,不然就是白活一场:对于这一层,我现在似乎认识得更明白,愿意在往后的小半截路上加紧补习,补习有没有成效,看我的努力如何。如有成效,该可以再写些,或者说,该可以开头写。不过写不写没有大关系,重要的是加紧补习。

朋友厚爱我,宽容我,使我感激;又夸张的奖许我,使我羞愧,虽然羞愧,想到这无非要我好,还是感激。最近在报上看见沈尹默先生的诗,有一句道,"久客人情真足惜",吟诵了好几遍。沈先生说的"久客"是久客川中,我把他解作人生在世,像我这么一个平庸的人,居然也能得到朋友们的厚爱、宽容跟奖许,"人情真足惜"啊!在这样温暖的人情中,我更没有理由不打算加紧补习。

这不是寻常致谢的话,想朋友们一定能够鉴谅。

1943 年 12 月 10 日作

(原载 1943 年 12 月 19 日成都《华西日报·每周文艺》第 3 期)

"八一三"随笔

当年"七七"事起之后,如果不接上个"八一三",说不定只是个地方事件。这不是当时激昂的民气所能容受。"八一三"炮声一响,"八一四"我空军出动,仗才算是打定了。单说我自己,我被冲激在那股民气里头,在苏州看见报馆发出的号外,虽不免有些惘然,但是再一想时,就来了"求仁得仁,又何怨乎"的成语。你主张跟日本打仗,如今真的打起来了,还有什么惘然的?颠沛流离,挨炸挨烧,是你的本分。尽你的绵薄,使仗打好,更是你的本分。可惜想想容易,实践却难。二十八年在乐山遇炸,把所有的东西都烧光了,只剩下幸而没有受伤的老幼七口。在不可计数的受难同胞中间,我分享了一份苦难,贡献了一份牺牲,对于前一项本分,我总算尽了。可是,后一项本分呢?实在惭愧,竟没有尽得分毫。住在后方的大城市里,编些无多精彩的刊物,写些不痛不痒的文字,你就交代得过了吗?不,不,绝对交代不过。不想起这一层也罢了,想起来时,不说假话,真有些无地自容。因此我决不敢憎恨战时生活的困苦。就是这样困苦的生活,已经便宜了你了,你有什么权利要求较好的生活?

据一般人说,我国这回抗战是具有革命性的。反抗侵略,争取独立自主,建立真正民主化工业化的国家,所谓革命性大概指的这些个。那么,以不变应万变虽是最高原则,实践起来却不能不见事行事。仗一定要打到胜利为止,建国大业非完成不可,那是不变。至于封建习性,胡涂头脑,官僚政治,独占经济,还有其他种种,如果也是个不变,那就完了。那些个不变就是不革命,不革命,即使幸而打胜了日本,又有什么好处?变吧,革命吧,该死的赶快死去吧,新生的赶快成长吧。

我所知不广,所见有限,根据我的狭窄的知和见,不免时时愁虑。大家喜爱侈言革命,可是只限于挂在口头,实际上是懒得革命,尤其是懒得革自己的命,懒得见少数的旁人真正革命。这样的不变应万变太可虑了,我想不出补救的办法(我不能不想,虽然没有人要我想)。有些人读熟了曾涤生的《原才》,希望有"一二人"出来开创风气,在报纸上,这样论调的文字登过许多篇。可是那"一二人"始终姗姗其来迟。照我的笨想头,恐怕只有大家一旦灵心忽通,决意革自己的命,才有希望。否则现实板起铁青的面孔,迫得你非革自己的命不可,大家也该会不情不愿勉勉强强的革起自己的命来。除开这两条路径,大概只有个彻头彻尾的以不变应万变。

旁的人我管不着,我管我自己。我不想做那"一二人",我没有那么狂妄,可是我要革自己的命。好好先生要不得,我不敢说要有所为,只能说要有所不为。我有言论自由,我要享受那个自由,见到什么就说什么,不想畏首畏尾,当然我也决不故意触犯刑法。我若管公家的钱,决不捡一个钱藏在腰包里;我若管公家的事,决不"等因奉此",摘由归档,就此了事。这么噜噜苏苏说下去太琐屑了,请即打住。也许有人要笑我,这也算革命吗?并且,你能不能实践又有谁替你证明?的确,无从证明,发誓又近于迷信,我不愿发誓。不过我真的要照说的做。其他并无希图,只希图这么做了,稍稍减轻几年以来,没有尽前面所说那后一项本分的惭愧。

1944 年 8 月 5 日作

(原载 1944 年 8 月 13 日成都《新民报晚刊》)

谈成都的树木

前年春间,曾经在新西门附近登城,向东眺望。少城一带的树木真繁茂,说得过分些,几乎是房子藏在树丛里,不是树木栽在各家的院子里。山茶、玉兰、碧桃、海棠,各种的花显出各种的光彩,成片成片深绿和浅绿的树叶子组合成锦绣。少陵诗道:"东望少城花满烟,百花高楼更可怜。"少陵当时所见与现在差不多吧,我想。

登高眺望,固然是大观,站到院子里看,却往往觉得树木太繁密了,很有些人家的院子里接叶交柯,不留一点儿空隙,叫人想起严译《天演论》开头一篇里所说的"是离离者亦各尽天能,以自存种族而已,数亩之内,战事炽然,强者后亡,弱者先绝",简直不像布置什么庭园。为花木的发荣滋长打算,似乎可以栽得疏散些。如果处在玩赏的观点,这样的繁密也大煞风景,应该改从疏散。大概种树栽花离不开绘画的观点。绘画不贵乎全幅填满了花花叶叶。画面花木的姿态的美,加上所留出的空隙的形象的美,才成一幅纯美的作品。满院子密密满满尽是花木,每一株的姿致都让它的朋友搅混了,显不出来,虽然满树的花光彩可爱，或者还有香气，可是就形象而言，那是毫无足观了。栽得疏散些，让粉墙或者回廊作为背景，在晴朗的阳光中，在澄彻的月光中，在朦胧的朝曦暮霭中，玩赏那形和影的美，趣味必然更多。

根据绘画的观点看，庭园的花木不如野间的老树。老树经历了悠久的岁月，所受自然的剪裁往往为专门园艺家所不及，有的竟可以说全无败笔。当春新绿茸葱，生意盎然，入秋枯叶半脱，意致萧爽，观玩之下，不但领略他的形象之美，更可以了悟若干人生境界。我在新西门外，住过两年，又常常往茶店子，从田野间来回，几株中意的老树已成熟朋友，看着吟味着，消解了我的独行的寂寞和疲劳。

说起剪裁，联想到街上的那些泡桐树。大概由于街两旁的人行道太窄，树干太贴近房屋的缘故，修剪的时候往往只顾保全屋面，不顾到损伤树的姿态，以致所有泡桐树大多很难看。还有金河街河两岸以及其他地方的柳树，修剪起来总是毫不容情，把去年所有的枝条全都锯掉，只剩下一个光光的拳头。我想，如果修剪的人稍稍有些画家的眼光，把可以留下的枝条留下，该会使市民多受若干分之一的美感陶冶吧。

少城公园的树木不算不多，可是除了高不可攀的楠木林，都受到随意随手的摧残。沿河的碧桃和芙蓉似乎一年不如一年了，民众教育馆一带的梅树，集成图书馆北面的十来株海棠，大多成了畸形，表示"任意攀折花木"依然是游人的习惯。虽然游人甚多，尤其是晴天，茶馆家家客满，可是看看那些"刑余"的花树以及乱生的灌木和草花，总感到进了个荒园似的。《牡丹亭·拾画》出的曲文道："早则是寒花绕砌，荒草成窠。"读着很有萧瑟之感,而少城公园给人的印象正相同。整顿少城公园要花钱,在财政困难的此刻未必有这么一笔闲钱。可是我想,除了花钱,还得有某种精神,如果没有某种精神,即使花了钱恐怕还是整顿不好的。

1945 年 3 月 5 日作

(原载 1945 年《成都市》创刊号)

"胜利日"随笔

今天"胜利日",你作何感想?

当然是极度的高兴。我有生之年是甲午,从甲午到今年五十二年,这五十二年中,我国人受了日寇不知多少侵害,就我一家而论,也受了日寇好几回直接损伤。现在日寇投降了,以后他们会不会彻底悔改,固然要看同盟国家的管制如何,日本全国人民的觉醒如何,可是仇恨的"前账"可以结一结了。结清前账,心头一松,极度的高兴在此。

从今天起,第二次大战结束了,世界上法西斯的最后堡垒倒塌了,虽然有些"法西斯细菌"还待各国人民努力清除。若问"老百姓的世纪"什么时候开始,就全世界而言,可以说开始于今天。老百姓的世纪与以前的世纪有什么不同?我回答说:老百姓的世纪将实现法国革命时候的三大原则"自由,平等,博爱",与罗斯福先生提出的四大自由"发表的自由,信仰的自由,免于匮乏的自由,免于恐惧的自由"。这三大原则与四大自由是实实在在对老百姓有好处的,在物质生活精神生活上都有好处的,怎能叫我不极度高兴呢?

还有旁的感想吗?

我愧对牺牲在战场上的士兵同胞,愧对牺牲在战场上的盟军。

我愧对挟了两个拐棍,拖了一条腿,在东街西巷要人帮忙的"荣誉军人"。

我愧对筑公路修飞机场的"白骨"与"残生"。

我愧对拿出了一切来的农民同胞。

我愧对在敌后与沦陷区,坚守着自己生长的那块土地,给敌人种种阻挠,不让他们占丝毫便宜,同时自己也壮健地成长起来的各界同胞。

我恨着——今天算是吉祥的日子,恨着的话暂时不说吧。

还有吗?

当然还有,说起来将无穷无尽。"三句不离本行",单就有关本行的说一些吧。战争结束了,老百姓的世纪开始了,图书杂志审查制度应该立刻取消了。要彻底的无条件的取消,再不要什么尺度与标准。

凡是身体与精神都健康的人,凡是认认真真生活的人,他们想要发表些什么自有尺度,自有标准。什么是他们的尺度与标准?要自己好,要大家好,不损伤自己的自由,也不侵犯他人的自由:就是他们的尺度与标准。除此而外,如果还有什么尺度与标准,由某些人定下来,要他们遵守,这就是加给他们的精神上的迫害。无论你定得怎样客观,怎样公平,怎样有道理,总之是加给他们的精神上的迫害。只要想，由人家定下尺度与标准，就是划定了个范围，只许在范围里面发表，不许在范围以外发表，四大自由的第一项"发表的自由"不就受了侵犯吗？

说图书杂志审查是精神上的迫害，理由就在此。所以这个制度要立刻取消，要彻底的无条件的取消，让大家得到发表的自由，像检回一件失去已久的宝贝一样。

1945 年 8 月 22 日作

（原载 1945 年 8 月 24 日《华西晚报》）

我坐了木船

从重庆到汉口,我坐了木船。

木船危险,当然知道。一路上数不尽的滩,礁石随处都是。要出事,随时可以出。还有盗匪——实在是最可怜的同胞,他们种地没得吃,有力气没处出卖,当了兵经常饿肚子,没奈何只好出此下策。假如遇见了,把铺盖或者身上衣服带了去,也是异常难处的事儿。

但是,回转来想,从前没有轮船,没有飞机,历来走川江的人都坐木船。就是如今,上上下下的还有许多人在那里坐木船,如果统计起来,人数该比坐轮船坐飞机的多得多。人家可以坐,我就不能坐吗?我又不比人家高贵。至于危险,不考虑也罢。轮船飞机就不危险吗?安步当车似乎最稳妥了,可是人家屋檐边也可能掉下一片瓦来。要绝对避免危险就莫要做人。

要坐轮船坐飞机,自然也有办法。只要往各方去请托,找关系,或者干脆买张黑票。先说黑票,且不谈付出超过定额的钱,力有不及,心有不甘,单单一个"黑"字,就叫你不愿领教。"黑"字表示作弊,表示越出常轨,你买黑票,无异帮同作弊,赞助越出常轨。一个人既不能独个儿转移风气,也该在消极方面有所自守,帮同作弊,赞助越出常轨的事儿,总可以免了吧。——这自然是书生之见,不值通达的人一笑。

再说请托找关系,听人家说他们的经验,简直与谋差使一样的麻烦。在传达室恭候,在会客室恭候,幸而见了那要见的人,他听说你要设法买船票或飞机票,爱理不理的答复你说:"困难呢……下个星期再来打听吧……"于是你觉着好像有一线希望,又好像毫无把握,只得挨到下个星期再去。跑了不知多少回,总算有眉目了,又得往这一处签字,那一处盖章,看种种的脸色,候种种的传唤,为的是得一份充分的证据,可以去换一张票子。票子到手,身份可改变了,什么机关的部属,什么长的秘书,什么人的本人或是父亲,或者姓名仍旧,或者必须改名换姓,总之要与你自己暂时脱离关系。最有味的是冒充什么部的士兵,非但改名换姓,还得穿上灰布棉军服,腰间束一条皮带。我听了这些,就死了请托找关系的念头。即使饿得要死,也不定要去奉承颜色谋差使,为了一张票子去求教人家,不说我自己犯不着,人家也太费心了。重庆的路又那么难走,公共汽车站排队往往等上一个半个钟头,天天为了票子去奔跑实在吃不消。再说与自己暂时脱离关系,换上别人的身份,虽然人家不大爱惜名器,我可不愿滥用那些名器。我不是部属,不是秘书,不是某人,不是某人的父亲,我是我。我毫无成就,样样不长进,我可不愿与任何人易地而处,无论长期或是暂时。为了跑一趟路,必须易地而处,在我总觉得像被剥夺了什么似的。至于穿灰布棉军服更为难了,为了跑一趟路才穿上那套衣服,岂不亵渎了那套衣服?亵渎的人固然不少,我可总觉不忍。——这一套又是书生之见。

抱着书生之见,我决定坐木船。木船比不上轮船,更比不上飞机,千真万确。可是绝对不用请托,绝对不用找关系,也无所谓黑票。你要船,找运输行,或者自己到码头上去找。找着了,言明价钱,多少钱坐到汉口,每一块钱花得明明白白。在这一点上,我觉得木船好极了,我可以不说一句讨情的话,不看一副难看的嘴脸,堂堂正正凭我的身份东归。这是大多数坐轮船坐飞机的朋友办不到的,我可有这种骄傲。

决定了之后,有两位朋友特地来劝阻。一位从李家沱,一位从柏溪,不怕水程跋涉,为的是关爱我,瞧得起我。他们说了种种理由,设想了种种可能的障碍,结末说,还是再考虑一下的好。我真感激他们,当然不敢说不必再考虑,只好带玩笑的说"吉人天相",安慰他们的激动的心情。现在,他们接到我平安到达的消息了,他们也真的安慰了。

1946 年 3 月 28 日作

(原载 1946 年 4 月 7 日《消息半周刊》第 1 期)

开明书店二十周年

开明书店创办于十五年八月间,到今年这一个月,二十周年了。《中学生》是开明书店发行的刊物,本志的同人都是开明书店的从业员,现在逢到开明书店二十周年,请容许我与读者谈谈开明书店。

开明书店是一些同志的结合体。这所谓同志,并不是信奉什么主义,在主义方面的同志,也不是参加什么党派,在党派方面的同志。只是说我们这些人在意趣上互相理解,在感情上彼此融洽,大家愿意认认真真做点儿事,不求名,不图利,却不敢忽略对于社会的贡献:是这么样的同志。这些同志都能够读些书,写些文字,又懂得些校对印刷等技术方面的事,于是相约开起书店来,于是开明书店成立了。

书店有各种的做法。兼收并蓄,无所不包,是一种做法。规定范围,不出限度,是一种做法。漫无标的,唯利是图,又是一种做法。我们以为前一种需要大力量,不但财力要大,知力也要大,我们担当不了。后一种呢,与我们的意趣不相容,当然不取。与我们相宜的只有中间一种,就是规定范围的做法。

我们把我们的读者群规定为中等教育程度的青年，出版一些书刊，绝大部分是存心奉献给他们的。这与我们的学识修养和教育见解都有关系。我们自问并无专家之学，不过有些够得上水准的常识，编选些普通书刊，似乎还能胜任愉快。这是一层。我们看出现在的新教育继承着旧教育的传统，而新教育继承着旧教育的传统是没有效果的。我们也知道教育不是孤立的事项，要改革教育必须其他种种方面都改革，但是改革教育的意识不能不从早唤起，改革教育的工具不能不从早预备。这又是一层。

二十年来，我们出版了不少书刊，有的已经绝了版，现在的读者不再能称说它们的名字，有的一直畅销，到现在还是读者爱好的读物。对于这些书刊，我们都是认认真真地编撰，审读，校对，印刷的。我们不敢说辛苦，辛苦原是做事的人的本分。我们觉得安慰的是在读者界造成了口碑，好多人说开明的书不马虎。不马虎，就内容而言，也就形式而言。可是我们宁愿认为这个话是鼓励，不是的评。如果认为的评，说不定会走上自满的歧途。认为鼓励，才可以加紧努力，期望做到百分之百的不马虎。

在二十年中间，竟有八年是抗战时期。战事初起，炮火就把我们的栈房厂房给烧了。后来迁移内地，心力交瘁，损失屡屡。湘桂战役中，损失尤其惨重，在黔桂路上，在金城江边，几百大包的书被抛散了，被烧掉了，这些都是我们心力的结晶啊！可是我们并不颓丧。我们这么想：战时损失当然越少越好。然而在无可避免的时候，也只有咬紧牙关忍受。忍受下来，想到自己与全国死的，伤的，亡家的，破产的同其命运，自然而然加强了同胞之爱，振起了努力再干的勇气。因而我们并不颓丧。

去年八月间日本投降，我国赢得了胜利，我们兴奋极了。在战后建国的进程中，在推进文化的工作中，我们的力量虽然微薄，该可以尽其可能地贡献出来吧。不料美妙的希望禁不起无情的现实的打击，到现在才只一年，已经证明去年我们想的未免太天真了，就在这一年间，出版业遇到了比抗战时期更甚的困难。物价激剧上涨，运输依然阻滞，由于生活资料一般地贫乏，原该与日用品并列的书刊升到了奢侈品的地位。出版业虽然称为文化事业，但同时也是工商业中的一个部门，所有工商业都已奄奄一息，出版业岂能独居例外？因此，这一年间，我们出版的书刊不比往年多，我们书刊的销场不比往年广，什么出版方针呀，编辑计划呀，想得好好的，只能暂时收藏起来，目前还是与抗战时期一样，只能勉力支撑。

支撑下去总该有一条出路，正如其他各业总该有一条出路，咱们中国总该有一条出路。我们站在出版业的立场，也觉得民主与和平太需要了。实现民主，大家才可以商商量量，各尽知能，把千头万绪的公共事务办好。实现和平，大家才可以休养生息，培植元气，共同过那盼望了好久好久的安乐日子。就在这中间，书刊才会恢复到日用品的地位，我们才真可以尽其可能地贡献我们微薄的力量。我们不能独自找出路，但是我们必得汇合在大势所趋之中找出路，这是我们此刻的信念。

我们与读者谈起开明书店二十周年，不能把出版编辑方面的什么好消息告诉诸位，我们非常抱歉。好消息不是听听就算的，要能实现才有意思，现在呢，却是什么方针计划都实现不了的时候。不过我们可以笼统地说一句,读者界鼓励我们的那个意思,我们愿意继续奉行,直到永远,那就是"不马虎"。

1946 年 7 月 14 日作

(原载 1946 年 8 月 1 日《中学生》8 月号)

佩弦的死讯

本月十日接到北平航空信,清华大学的信封,署个"朱"字,笔迹不是佩弦的,我心中就有了预感。拆开来一看,果然不是佩弦的信,是他的儿子乔森写的,说他爸爸在六日早上四点钟突然胃部剧痛,十点钟在北大医院已经不能动弹。下午两点在医院开刀,经过情形还好,可是三四天间是危险期。又说与我合编的国文教本最近大概不能编了,请我原谅。我就发个电报给北平的一位朋友,请他代往医院探望,并将所见电告。十一日《大公报》有一条电讯,说开割历五小时之久,又有肾脏炎的毛病,情形很严重。十二日下午,北平的朋友来了回电,说是未脱危险。看《新民晚报》,登载着一条电讯也说严重。到今天早上,预料而又怕看的一条消息果然在报上刊出了,佩弦已于昨日上午十一时后去世。

佩弦的胃病是老病,我说不大准确,拖了十五年左右。他的病时发时止,最近七八年间发得较频繁,而且每发必凶。实在是十二指肠溃疡,这是早已知道了的。有人劝他开割,他也想去开割,但是听医生说不开割也可以,就拖下来了。近两月间又发了几次,曾经写信来说拟停止合编教本的工作。我劝他且从事休养,编书的事将来再说。后来他身体似见好转,很高兴的写信来说愿意继续合作。不料就在二十天之后他去世了,使我再没有与他合作的机会了。

他在昆明的几年太苦了。兼课,饮食不好,每天跑很远的路。暑假中回到成都算是舒服些。然而他责任心重,不肯请假,赶在开学以前就急急忙忙动身回校。回到北平以后也从未闲过,教课之余,写文字,编刊物,编《闻一多全集》,只有病发时候才躺下来。如果他能有好好的休养,如果他早几年开割,到今天也许还是健康精壮的人。事务跟经济限制了他,使他不能好好的休养,使他直到体力消耗将尽的时候才去开割,于是他只能享有五十一岁的生命。

佩弦是个好人,凡是认识他跟他有交谊的人都承认。他可不是"烂好人",不是无可无不可,随俗依违的那一流。只要看他几年来对于一些看不顺眼的大事都站出来说话,就可以知道。他这样做,我确切的知道,不是讨好什么人,不存什么企图,只是行其心之所安。目前由于多所顾虑,有所见到而不愿宣露出来的人似乎很多,这就是不能行其心之所安,结果弄到经常的不安。经常的不安才有所谓"烦闷彷徨",随时行其心之所安,又有什么"烦闷彷徨"呢?

他近年来很有顾影亟亟的心情,在几次来信中曾经提到。我想他未必如屈原所说的"恐修名之不立"(如果把"名"字作通常的"名誉"讲),却是恐怕自己的成绩太少,对于人群的贡献太不够的缘故。加上他的病,自己心中有数,就只盼望成绩多一点儿好一点儿,能够工作就尽量工作。他实践他的意愿,不停的工作，直到本月六日最后一次发病为止。

　　我想人生不可解而可解，不可究诘而可究诘。离开了人的观点，或从天文学的观点，或从生物学的观点，人生只是宇宙大化中的一粒微尘而已。但是取了人的观点，就有了个范围，定了个趋向。既讲人，不能不求其进步，不能不求其好——物质方面跟精神方面都好，而且必须大家好，不能单让一部分人好，其他的人不好。这就产生了为大众服务，努力将自己的成绩贡献于大众的想头。个人的名利有什么可以追求的呢？唯有实实在在的成绩足以贡献给大众，在大众的海洋里加增一点一滴的，才是生命的真意义，才算没有虚度短短的几十年的寿命。我虽然没有跟佩弦谈过这一套近乎玄虚的话，可是我确知他带着病辛辛苦苦的工作着，是含有这个意思的。我说的也许太浅薄，但是决不会牛头不对马嘴。

　　现在时髦的词儿中有一个叫"学习"。我想佩弦是时时在那里学习的，他对什么都虚心的问，都细心的研究，对方不论是谁，告诉他他都认认真真的听。举新诗研究为例。他是早期的新诗作者。新诗在二十几年间变得很多，大部分早期作者都掉头不顾了。独有佩弦，他一直留意新诗的发展，探询各方面的意见，揣摩各方面的意见，揣摩各种派别的作品，而且写了不少解析和介绍的文字。有一些一般人不认为诗的诗，他很平心的承认这也是诗，不过不是某些传统里所认为诗的诗。他肯定的说新诗有前途，那前途在于现代人有了新的生活。

　　说起生活，他也是经常在学习的。本月五日出版的《中建》北平版有《知识分子今天的任务》的座谈记录，他老老实实地说："现在我们过群众生活还过不来。这也不是理性上不愿意接受,理性上是知道该接受的,是习惯上变不过来。所以我对我的学生说,要教育我们得慢慢来。"这其间绝无虚矫之气,却表明他愿意接受学生的"教育",将习惯慢慢地变过来。向学生受教育,在权威主义的先生们看来是岂有此理的事。可是我确切相信,在生活实践方面,现代的青年实在比中年人老年人进步了不少(糊里糊涂的青年人当然不在此例)。中年人老年人要自己好,就得向青年人学习。

写实在写不出什么,平时的友情,今天的悲感,化为几句话都只是迹象而已,这有什么意义?编辑先生要我当天交稿,只能杂乱的写一些,不能表现出佩弦的若干分之一,很对不起他。

1948 年 8 月 13 日作

(原载 1948 年 8 月 15 日《文艺春秋》月刊第 7 卷第 2 期)

荣宝斋的彩色木刻画

所谓彩色木刻画就是用木刻套印的方法印成的画幅,人物,花鸟,山水……差不多跟中国画画家笔下的真迹一模一样。我家里挂一幅新罗山人的花鸟画,一块石头前伸出一枝海棠,三个红胸鸟停在枝上,上下照应,瞧那神气正在那里使劲地叫。朋友们见了,有的说这一幅画得好,有的不言语,只是默默地观赏,也许还在那里想怎么我也收藏起名家的作品来了。等我说明这是彩色木刻画,荣宝斋的出品,他们都不期然而然地吐出一声"啊!"——这"啊!"里头含着惊奇、不相信的意味。可见彩色木刻画简直可以"乱真"了。

在十六世纪,我国就有彩色木刻画,多半印在诗笺上。诗笺是二十多公分高的小幅,听名称就可以知道它的用处。文人作成诗,总爱写给朋友们看看(那时候还没有报和杂志,也就没有投稿发表这回事),或者那首诗是特地赠给谁的,更非写录不可。把精心结撰的诗篇写在印着彩色画的诗笺上拿出去,当然比写在白纸上漂亮得多。

诗笺也拿来写信。要是按实定名,写信的该叫信笺。信稿起得好，又是一手好字，写在印着彩色画的信笺上，可以使受信人在了解实务、领略深情以外多一分享受。

近年来我国送些出版物到国外去展览，其中有笺谱。也许"笺谱"这个名称确实不容易翻，就翻成"画集"。"集"跟"谱"固然可以相通，都是"汇编"的意思。可是"笺"是诗笺和信笺，表示一定的用途，只因笺上有画就管它叫"画"，不免引起误会。为了解除误会，我特地在这里提一下。

诗笺、信笺上印彩色画，彩色画有各种各样的画法，印起来有容易有难。譬如一幅花卉，花朵、叶子、枝条全用墨色线条勾勒，花朵着红色，叶子着绿色，枝条着棕色，只要按色分刻四块板子——墨色、红色、绿色、棕色各一块——套印就成，那比较容易。花鸟画还有所谓没骨法，不用线条勾勒，只用彩色渍染，譬如画一张荷叶，绿色有浓有淡，有些地方用湿笔，绿色从着笔处稍微溢出，有些地方用枯笔，显出好些没着色的条纹，这要印出来就比较难。可是印造诗笺、信笺的摸索出一套方法，练成一套技术，也能够照样办到，总之，原画怎么样就印成怎么样。咱们现在看荣宝斋仿造的《十竹斋笺谱》，里头就有用这样的印法的。《十竹斋笺谱》的原本在崇祯十七年出版，还是十七世纪中段的东西呢。

我小时候喜欢从纸店里买些诗笺玩儿，都是线条画，套印不过两色。这个东西跟文人有缘，大概文人比较多的地方就有。一般人既然不作诗，写信又没有什么讲究，当然用不着这种画笺。北京地方印造这种画笺的最多，理由很容易了解，不用多说。据朋友告诉我，清朝末年有懿文斋、松古斋、秀文斋、宝文斋、宝晋斋、万宝斋、松华斋、荣禄堂、翰宝斋、翰雅斋、彝宝斋、清秘阁这么些家，出品都是单色的。还有一家松竹斋最出名，有二百多年的历史，庚子事变的时候倒闭了，后来改组成荣宝斋。现在荣宝斋经过改造，已经是国营的企业。

荣宝斋印过翁同龢画的梅花屏四条，又仿造过怡王府的彩色角拱花笺，很有名，后来渐渐印笺谱，仿造的《十竹斋笺谱》是出色的成绩。最近多印册页、条幅，册页有《现代国画》、《敦煌壁画选》、沈石田的《卧游》画册……条幅有方才说的新罗山人的花鸟画，有齐白石先生、徐悲鸿先生的作品，全是木刻套印的。册页比诗笺大三四倍，条幅更大了，新罗山人的那一幅，高一公尺二十六公分，宽四十一公分半。可见荣宝斋的新的努力是使彩色木刻画向大幅发展。

我参观过荣宝斋的工场，现在据参观所得谈谈彩色木刻画的制作方法和技术。

得从版子说起，有了版子才可以印刷。刻版子先得描底稿。像方才说的花朵着红色、叶子着绿色、枝条着棕色的画，只要照原画分色勾描，原画有几色，描成几张底稿就成了。勾描用映写法，就是拿半透明的薄纸蒙在原画上，看准原画用细线条勾描。至于用彩色渍染的画，一个颜色里有浓淡，一个地方着好几色，或者还有湿笔、枯笔，那么分析版子就是大工夫。不明白画理没法下手，还得熟悉印刷的技术。设计的人从画理和印刷的技术着眼，认定哪儿的浓淡得分刻几块版子，哪儿的几色可以合用一块版子，哪儿的湿笔只要印刷的时候使些手法就成，然后分别勾描。勾描是极细致的工作，描得进一线出一线就走了样，张张底稿描得准确，位置不差分毫，印起来才套得准。一幅彩色不怎么繁复的画，至少也得分别描成六七张底稿。这还是就册页说。

至于条幅，高度在一公尺以上，即使上方和下方有些部分彩色完全相同，可是印刷条件有限制，不能够同时印刷，也得分别描成几张底稿。譬如一幅花卉，上方的、中部的、下方的一部分叶子都是淡绿色，彩色虽然相同，也得描成三张底稿，刻成三块版子，分三次印刷。像我说的新罗山人的那幅花鸟画，勾描下来分成四十九张底稿，刻成四十九块版子，印刷的次数还要多，因为有些版子要印两次或三次。看起来那么雅淡简洁的一幅画，不知道底细，谁也不会相信制作的手续是这么繁复的。

方才说拿薄纸蒙在原画上勾描，描出来自然跟原画一样大小。也可以改变原画的大小，让印成的画幅比原画小些或者大些。这要依靠照相。照相把原画缩小或者放大，然后依据照片勾描，原画放在旁边随时参考。印造彩色木刻画全部是手工，只有在这个场合才利用现代的机械。

分别描成底稿，随后的工作就是刻版子。底稿反贴在刨平的木板上，跟刻书一样，刻成的版子是反的。木板是杜梨木，木质坚实匀净。我国木刻向来用杜梨木和枣木，所以"梨枣"成了木刻的代称。

工人刻版子的时候，右手握着刀柄，左手的拇指和食指帮着推动刀尖，那么细磨细琢地刻划着。原画放在旁边随时参考。所谓参考主要在体会原画的笔意，只有传出原画的笔意才能刻得真不走样。柔和的线条要保持它的柔和，刚劲的线条要显出它的刚劲，无论什么形状的笔触要没有斧凿痕，全都像画笔落在纸上的那个样儿，这固然靠勾描的功夫到家，可是勾描得好而刻工差劲，那就前功尽弃。所以刻版子的人也得明白画理，他要辨得出笔触的意趣，能够领会什么是柔和和刚劲，还得得心应手，实践跟认识一致，才能把版子刻得像样儿。鸟身上的羽毛，花心里的花蕊，一丝一缕都得细细地刻。还有那些枯笔，笔意若断若续，就得还它个若断若续。落笔的地方是极细的一丝丝，一丝丝之间是空白的一丝丝，这些丝丝全要照样刻出来，不容一丝有一些斧凿痕。我国善本书的书版向来称为精工的制作，现在谈的这个画版，比书版还要精工得多。

版子刻成以后，就是印刷了。先说说印刷的设备。这跟我国印木版书的设备一样。印刷桌的平面上挖一道比较宽的空隙，木版固定在空隙的左边，待印的一叠纸张固定在空隙的右边。往右边摊开的纸张翻到左边的木版上，印过以后让它从空隙那里垂下去，再翻第二张。固定木版，现在荣宝斋用的是外科中医用的膏药。这东西胶性很强，不致移动，可是用力挪移木版还是可以挪动，试印的时候校正位置挺方便——校正位置是一项重要工作，必须试得丝毫没有差错才能正式开印，不然就套不准。固定纸张的方法是拿一根木条把一叠纸的右边压住，木条两头拴紧，使它不能移动。一叠纸有它的厚度，压住的时候必须使每一张稍微错开点儿，这才从头一张纸到末了一张纸，版子都能印在全张纸的同一个位置上。

印刷不用油墨，用中国画画家用的颜料。换句话说，原画上用的什么颜料，印刷也用什么颜料。预先把颜料调好，水分多少，浓淡怎么样，都得对照原画。原画是早已干了的，必须估计到调好的颜料印在纸上干了以后怎么样，才可以不致差错。这全凭经验，经验里头包括眼睛的辨别力，调色的技巧，还有对于纸张的性质的认识。

纸张用宣纸，因为中国画画家作画大都用宣纸，既然要印造得跟原画一模一样,用纸自然应该相同。再说,用毛笔画水彩画只有画在宣纸上最合适。道林纸、铜版纸上虽然不是绝对不能画,画出来至少会减少画的意趣。譬如一笔浓笔画在道林纸、铜版纸上,着笔的地方跟纸面空白的地方必然界限分明,像刀刻似的,这就减少了意趣。要是毛笔多蘸了些水,涂上去水就浮在纸面上,彩色着不上纸,那还成个画?像齐白石先生常画的浓淡墨搀和着的大荷叶,道林纸、铜版纸上简直没法画。宣纸比道林纸、铜版纸松,质地匀净滋润,能吸水,无论浓笔湿笔,涂上去全能适应。水彩、毛笔、宣纸是中国水彩画的物质条件,彩色木刻画既然是仿造中国水彩画,自然不能不采用宣纸。

印册页、条幅都用双层宣纸,双层是造纸的时候就粘起来的。用双层纸印,彩色更好更美观。有些旧画的纸张,颜色变了,不像新宣纸那么白,仿造这些旧画的时候,宣纸就得先染色,染成旧纸的颜色。

宣纸是安徽泾县出产的,在宣城集中外销,所以叫宣纸。历史很久了,唐朝时候就有这种纸,明清两代生产最发达。原料是檀木的皮。用途除供文人写字作画以外,还可以印木版书。抗日战争一开始,泾县的造纸户全部垮了台,直到解放时期没恢复。后来组织宣纸联营处,最近又由地方政府投资,联营处改为公私合营。造纸工人见宣纸还有相当的需要,都表示决心,保证今后数量够用,质量提高。他们的经验和技术足够实现他们的保证,质量达到明清产品的标准不成问题,并且还可以超过。今后中国画画家和彩色木刻画的印造家可以不愁没有好纸用了。

现在该谈印刷的方法了。印刷的时候,原画当然也得挂在旁边。工人用毛笔蘸了调好的颜料涂在版子上,然后翻过一张纸,左手把纸拉平,右手拿一个叫"耙子"的家伙(大略像擦黑板的刷子,底面用棕皮包平,稍微有些弹性)在纸背面贴着版子的部分砑印。这么说来好像印刷挺简单似的,其实不然。涂上颜料以后先得用一个细棕刷子(形状像咱们剃胡子时候拿来蘸肥皂的刷子,不过大得多,一大把细棕丝理得挺平的)刷过,使版面的颜料匀净,边缘上不致有溢出的颜料。如果是一块有一部分该印淡色的版子,譬如一张秋海棠叶,右边缘的绿色非常淡,那么把绿色颜料涂在版子上以后,就得擦掉右边缘的颜料,再用细棕刷子蘸了水轻轻刷过,然后印刷。这样,右边缘的颜料虽然擦掉,可是木板上还保留着绿色的水分,因而印出来刚好是极淡的绿色,又因为用刷子刷过,印出来的极淡的部分跟其他部分没有划然的界限。又如某一块版子在原画上是湿笔,涂在这块版子上的颜料就得有适当的水分,水分必须不多也不少,印出来才能跟原画一致。以上说的全是翻过纸来印刷以前的事儿。再说纸张蒙在版子上,拿耙子在纸背面砑印也大有分寸。哪块版子该实实在在地印,哪块版子只要轻轻一印,全靠对于挂在旁边的原画的体会。至于得心应手印得恰如其分,那就非有熟练技巧不可。

哪一色的版子先印,哪一色的版子后印,这里头有讲究。哪一色得等前一色干了以后印,哪一色得在前一色没干的时候印,这里头也有讲究。这些讲究全跟画家作画的当时一样。遇到浓重的彩色,印一次不够,就再印一次,甚至印三次,这等于画家的画笔在纸面上浓涂。

印小幅是一个人的工作。印比较大的就得添一个人,帮着翻纸张,拉平纸张。印过一张还得看看有没有毛病,然后让它从印刷桌的空隙那里垂下去,工作当然不会怎么快。整个工场里静静的,跟现代印刷厂的气氛完全不同。咱们跑进现代印刷厂的车间,所有机器都在那里动,机器声似乎把全车间的空气给搅动了,因而视觉、听觉、触觉的器官全让动的感觉给占据了。在印刷彩色木刻画的工场里可没有这样的感觉。

还有一点该说一说。一幅画经过印刷,许多版子的边缘把纸面挤得洼下去,必然留下痕迹,这在原画上显然是没有的。可是不碍事,印成的画幅经过砑平托裱,就没有什么了。

中国彩色画也可以用彩色铜版、彩色胶版精印,可是铜版印的、胶版印的总觉得像张照片(看铜版、胶版印的油画就不大有这个感觉)。这是没有办法的,纸是铜版纸,彩色是油墨,物质条件不同了,当然不能完全传出原画的意趣。彩色木刻画用的纸张、颜料跟原画完全相同,只是用木版代替了毛笔,在雕刻和印刷的技术上又尽量设法不失毛笔画的意趣,所以制成品简直可以"乱真"。一幅精工的彩色木刻画不但是上好的工艺品,而且是比原画毫无愧色的艺术品。

1954 年 3 月 3 日作

(原载 1954 年 5 月 16 日《新观察》半月刊第 10 期)

游了三个湖

　　这回到南方去，游了三个湖。在南京，游玄武湖，到了无锡，当然要望望太湖，到了杭州，不用说，四天的盘桓离不了西湖。我跟这三个湖都不是初相识，跟西湖尤其熟，可是这回只是浮光掠影地看看，写不成名副其实的游记，只能随便谈一点儿。

　　首先要说的，玄武湖和西湖都疏浚了。西湖的疏浚工程，做的五年的计划，今年四月初开头，听说要争取三年完成，每天挖泥船轧轧轧地响着，连在链条上的兜儿一兜兜地把长远沉在湖底里的黑泥挖起来。玄武湖要疏浚，为的是恢复湖面的面积，湖面原先让淤泥和湖草占去太多了。湖面宽了，游人划船才觉得舒畅，望出去心里也开朗。又可以增多鱼产。湖水宽广，鱼自然长得多了。西湖要疏浚，主要为的是调节杭州城的气候。杭州城到夏天，热得相当厉害，西湖的水深了，多蓄一点儿热，岸上就可以少热一点儿。这些个都是顾到居民的利益。顾到居民的利益，在从前，哪儿有这回事？只有现在的政权，人民自己的政权，才当做头等重要的事儿，在不妨碍国家社会主义工业化的前提之下，非尽可能来办不可。听说，玄武湖平均挖深半公尺以上，西湖准备平均挖深一公尺。

其次要说的,三个湖上都建立了疗养院——工人疗养院或者机关干部疗养院。玄武湖的翠洲有一所工人疗养院,太湖边上到底有几所疗养院,我也说不清。我只访问了太湖边中犊山的工人疗养院。在从前,卖力气淌汗水的工人哪有疗养的份儿?害了病还不是咬紧牙关带病做活,直到真个挣扎不了,跟工作、跟生命一齐分手?至于休养,那更是做梦也想不到的事儿,休养等于放下手里的活闲着,放下手里的活闲着,不是连吃不饱肚子的一口饭也没有着落了吗?只有现在这时代,人民当了家,知道珍爱创造种种财富的伙伴,才要他们疗养,而且在风景挺好、气候挺适宜的所在给他们建立疗养院。以前人有句诗道,"天下名山僧占多"。咱们可以套用这一句的意思说,目前虽然还没做到,往后一定会做到,凡是风景挺好、气候挺适宜的所在,疗养院全得占。僧占名山该不该,固然是个问题,疗养院占好所在,那可绝对地该。

又其次要说的,在这三个湖边上走走,到处都显得整洁。花草栽得整齐,树木经过修剪,大道小道全扫得干干净净,在最容易忽略的犄角里或者屋背后也没有一点儿垃圾。这不只是三个湖边这样,可以说哪儿都一样。北京的中山公园、北海公园不是这样吗?撇开园林、风景区不说,咱们所到的地方虽然不一定栽花草,种树木,不是也都干干净净,叫你剥个橘子吃也不好意思把橘皮随便往地上扔吗?就一方面看,整洁是普遍现象,不足为奇。就另一方面看,可就大大值得注意。做到那样整洁决不是少数几个人的事儿。固然,管事的人如栽花的,修树的,扫地的,他们的勤劳不能缺少,整洁是他们的功绩。可是,保持他们的功绩,不让他们的功绩一会儿改了样,那就大家有份,凡是在那里、到那里的人都有份。你栽得整齐,我随便乱踩,不就改了样吗?你扫得干净,我嗑瓜子乱吐瓜子皮,不就改了样吗?必须大家不那么乱来,才能保持经常的整洁。解放以来属于移风易俗的事项很不少,我想,这该是其中的一项。回想过去时代,凡是游览地方、公共场所,往往一片凌乱,一团肮脏,那种情形永远过去了,咱们从"爱护公共财物"的公德出发,已经养成了到哪儿都保持整洁的习惯。

现在谈谈这回游览的印象。

出玄武门,走了一段堤岸,在岸左边上小划子。那是上午九点光景,一带城墙受着晴光,在湖面和蓝天之间划一道界限。我忽然想起四十多年前头一次游西湖,那时候杭州靠西湖的城墙还没拆,在西湖里朝东看,正像在玄武湖里朝西看一样,一带城墙分开湖和天。当初筑城墙当然为的防御,可是就靠城的湖来说,城墙好比园林里的回廊,起掩蔽的作用。回廊那一边的种种好景致,亭台楼馆,花坞假山,游人全看过了,从回廊的月洞门走出来,瞧见前面别有一番境界,禁不住喊一声"妙",游兴益发旺盛起来。再就回廊这一边说,把这一边、那一边的景致合在一块儿看也许太繁复了,有一道回廊隔着,让一部分景致留在想象之中,才见得繁简适当,可以从容应接。这是园林里修回廊的妙用。湖边的城墙几乎跟回廊完全相仿。所以西湖边的城墙要是不拆,游人无论从湖上看东岸或是从城里出来看湖上,就会感觉另外一种味道,跟现在感觉的大不相同。我也不是说西湖边的城墙拆坏了。湖滨一并排是第一公园至第六公园,公园东面隔着马路,一带相当齐整的市房,这看起来虽然繁复些儿,可是照构图的道理说,还成个整体,不致流于琐碎,因而并不伤美。再说,成个整体也就起回廊的作用。然而玄武湖边的城墙,要是有人主张把它拆了,我就不赞成。不知道为什么,我总觉得那城墙的线条,那城墙的色泽,跟玄武湖的湖光、紫金山覆舟山的山色配合在一起,非常调和,看来挺舒服,换个样儿就不够味儿了。

这回望太湖,在无锡鼋头渚,又在鼋头渚附近的湖面上打了个转,坐的小汽轮。鼋头渚在太湖的北边,是突出湖面的一些岩石,布置着曲径蹬道,回廊荷池,丛林花圃,亭榭楼馆,还有两座小小的僧院。整个鼋头渚就是个园林,可是比一般园林自然得多,何况又有浩渺无际的太湖做它的前景。在沿湖的石上坐下,听湖波拍岸,挺单调,可是有韵律,仿佛觉得这就是所谓静趣。南望马迹山,只像山水画上用不太淡的墨水涂上的一抹。我小时候,苏州城里卖芋头的往往喊"马迹山芋艿"。抗日战争时期,马迹山是游击队的根据地。向来说太湖七十二峰,据说实际不止此数。多数山峰比马迹山更淡,像是画家蘸着淡墨水在纸面上带这么一笔而已。至于我从前到过的满山果园的东山,石势雄奇的西山,都在湖的南半部,全不见一丝影儿。太湖上渔民很多,可是湖面太宽阔了,渔船并不多见,只见鼋头渚的左前方停着五六只。风轻轻地吹动桅杆上的绳索,此外别无动静。大概这不是适宜打鱼的时候。太阳渐渐升高,照得湖面一片银亮。碧蓝的天空中飘着几朵若有若无的薄云。要是天气不好,风急浪涌,就会是一幅完全不同的景色。从前人描写洞庭湖、鄱阳湖,往往就不同的气候、时令着笔,反映出外界现象跟主观情绪的关系。画家也一样,风雨晦明,云霞出没,都要研究那光和影的变化,凭画笔描绘下来,从这里头就表达出自己的情感。在太湖边作较长时期的流连，即使不写什么文章，不画什么画，精神上一定会得到若干无形的补益。可惜我来也匆匆，去也匆匆，只能有两三个钟头的勾留。

刚看过太湖，再来看西湖，就有这么个感觉，西湖不免小了些儿，什么东西都挨得近了些儿。从这一边看那一边，岸滩，房屋，林木，全都清清楚楚，没有太湖那种开阔浩渺的感觉。除了湖东岸没有山，三面的山全像是直站到湖边，又没有衬托在背后的远山。于是来了个总的印象：西湖仿佛是盆景，换句话说，有点儿小摆设的味道。这不是给西湖下贬辞，只是直说这回的感觉罢了。而且盆景也不坏，只要布局得宜。再说，从稍微远一点儿的地点看全局，才觉得像个盆景，要是身在湖上或是湖边的某一个所在，咱们就成了盆景里的小泥人儿，也就没有像个盆景的感觉了。

湖上那些旧游之地都去看看，像学生温习旧课似的。最感觉舒坦的是苏堤。堤岸正在加宽，拿挖起来的泥壅一点儿在那儿，巩固沿岸的树根。树栽成四行，每边两行，是柳树、槐树、法国梧桐之类，中间一条宽阔的马路。妙在四行树接叶交柯，把苏堤笼成一条绿荫掩盖的巷子，掩盖而绝不叫人觉得气闷，外湖和里湖从错落有致的枝叶间望去，似乎时时在变换样儿。在这条绿荫的巷子里骑自行车该是一种愉快。散步当然也挺合适，不论是独个儿、少数几个人还是成群结队。以前好多回经过苏堤，似乎都不如这一回，这一回所以觉得好，就在乎树补齐了而且长大了。

灵隐也去了。四十多年前头一回到灵隐就觉得那里可爱，以后每到一回杭州总得去灵隐，一直保持着对那里的好感。一进山门就望见对面的飞来峰,走到峰下向右拐弯,通过春淙亭,佳境就在眼前展开。左边是飞来峰的侧面,不说那些就山石雕成的佛像,就连那山石的凹凸、俯仰、向背,也似乎全是名手雕出来的。石缝里长出些高高矮矮的树木,苍翠,茂密,姿态不一,又给山石添上点缀。沿峰脚是一道泉流,从西往东,水大时候急急忙忙,水小时候从从容容,泉声就有宏细疾徐的分别。道跟泉流平行,道左边先是壑雷亭,后是冷泉亭,在亭子里坐,抬头可以看飞来峰,低头可以看冷泉。道右边是灵隐寺的围墙,淡黄颜色,道上多的是大树,又大又高,说"参天"当然嫌夸张,可真做到了"荫天蔽日"。暑天到那里,不用说,顿觉清凉,就是旁的时候去,也会感觉"身在画图中"。自己跟周围的环境融和一气,挺心旷神怡的。灵隐的可爱,我以为就在这个地方。道上走走,亭子里坐坐,看看山石,听听泉声,够了,享受了灵隐了。寺里头去不去,那倒无关紧要。

  这回在灵隐道上大树下走,又想起常常想起的那个意思。我想,无论什么地方,尤其在风景区,高大的树是宝贝。除了地理学、卫生学方面的好处而外,高大的树又是观赏的对象,引起人们的喜悦不比一丛牡丹、一池荷花差,有时还要胜过几分。树冠和枝干的姿态,这些姿态所表现的性格,往往很耐人寻味。辨出意味来的时候,咱们或者说它"如画",或者说它"入画",这等于说它差不多是美术家的创作。高大的树不一定都"如画"、"入画",可是可以修剪,从审美观点来斟酌。一般大树不比那些灌木和果树,经过人工修剪的不多,风吹断了枝,虫蛀坏了干,倒是常有的事,那是自然的修剪,未必合乎审美观点。我的意思,风景区的大树得请美术家鉴定,哪些不用修剪,哪些应该修剪。凡是应该修剪的,动手的时候要遵从美术家的指点,唯有美术家才能就树的本身看,就树跟环境的照应配合看,决定怎么样叫它"如画"、"入画"。我把这个意思写在这里,希望风景区的管理机关考虑,也希望美术家注意。我总觉得美术家为满足人民文化生活的要求,不但要在画幅上用功,还得扩大范围,对生活环境的布置安排也费一份心思,加入一份劳力,让环境跟画幅上的创作同样地美——这里说的修剪大树就是其中一个项目。

1954 年 12 月 18 日作

(原载 1955 年 1 月 22 日《旅行家》月刊第 1 期)

景泰蓝的制作

一天下午,我们去参观北京市手工业公司实验工厂,粗略地看了景泰蓝的制作过程。景泰蓝是多数人喜爱的手工艺品,现在把它的制作过程说一说。

景泰蓝拿红铜做胎,为的红铜富于延展性,容易把它打成预先设计的形式,要接合的地方又容易接合。一个圆盘子是一张红铜片打成的,把红铜片放在铁砧上尽打尽打,盘底就洼了下去。一个比较大的花瓶的胎分作几截,大概瓶口、瓶颈的部分一截,瓶腹鼓出的部分一截,瓶腹以下又是一截。每一截原来都是一张红铜片。把红铜片圈起来,两边重叠,用铁椎尽打,两边就接合起来了。要圆筒的哪一部分扩大,就打哪一部分,直到符合设计的意图为止。于是让三截接合起来,成为整个的花瓶。瓶底可以焊上去,也可以把瓶腹以下的一截打成盘子的形状,那就有了底,不用另外焊了。瓶底下面的座子,瓶口上的宽边,全是焊上去的。至于方形或是长方形的东西,像果盒、烟卷盒之类,盒身和盖子都用一张红铜片折成,只要把该接合的转角接合一下就是,也不用细说了。

制胎的工作其实就是铜器作的工作,各处城市大都有这种铜器作,重庆还有一条街叫打铜街。不过铜器作打成一件器物就完事,在景泰蓝的作场里,这只是个开头,还有好多繁复的工作在后头呢。

第二步工作叫掐丝,就是拿扁铜丝(横断面是长方形的)粘在铜胎表面上。这是一种非常精细的工作。掐丝工人心里有谱,不用在铜胎上打稿,就能自由自在地粘成图画。譬如粘一棵柳树吧,干和枝的每条线条该多长,该怎么弯曲,他们能把铜丝恰如其分地剪好曲好,然后用钳子夹着,在极稠的白芨浆里蘸一下,粘到铜胎上去。柳树的每个枝子上长着好些叶子,每片叶子两笔,像一个左括号和一个右括号,那太细小了,可是他们也要细磨细琢地粘上去。他们简直是在刺绣,不过是绣在铜胎上而不是绣在缎子上,用的是铜丝而不是丝线、绒线。

他们能自由地在铜胎上粘成山水、花鸟、人物种种图画,当然也能按照美术家的设计图样工作。反正他们对于铜丝好像画家对于笔下的线条,可以随意驱遣,到处合适。美术家和掐丝工人的合作,使景泰蓝器物推陈出新,博得多方面人士的爱好。

粘在铜胎上的图画全是线条画,而且一般是繁笔,没有疏疏朗朗只用少数几笔的。这里头有道理可说。景泰蓝要涂上色料,铜丝粘在上面,涂色料就有了界限。譬如柳条上的每片叶子由两条铜丝构成,绿色料就可以填在两条铜丝中间,不至于溢出来。其次,景泰蓝内里是铜胎,表面是涂上的色料,铜胎和色料,膨胀率不相同。要是色料的面积占得宽,烧过以后冷却的时候就会裂。还有,一件器物的表面要经过几道打磨的手续,打磨的时候着力重,容易使色料剥落。现在在表面粘上繁笔的铜丝图画,实际上就是把表面分成无数小块,小块面积小,无论热胀冷缩都比较细微,又比较禁得起外力,因而就不至于破裂、剥落。通常谈文艺有一句话,叫内容决定形式。咱们在这儿套用一下,是制作方法和物理决定了景泰蓝掐丝的形式。咱们看见有些景泰蓝上画的图案画,在图案画以外,或是红地,或是蓝地,只要占的面积相当宽,那里就嵌几条曲成图案形的铜丝。为什么一色中间还要嵌铜丝呢?无非使较宽的表面分成小块罢了。

粘满了铜丝的铜胎是一件值得惊奇的东西。且不说自在画怎么生动美妙,图案画怎么工整细致,单想想那么多密密麻麻的铜丝没有一条不是专心一志粘上去的,粘上去以前还得费尽心思把它曲成最适当的笔画,那是多么大的工夫!一个二尺半高的花瓶,掐丝就要花四五十个工。咱们的手工艺品往往费大工夫,刺绣、缂丝、象牙雕刻,全都在细密上显能耐。掐丝跟这些工作比起来,可以说不相上下,半斤八两。

刚才说铜丝是蘸了白芨浆粘在铜胎上的,白芨浆虽然稠,却经不住烧,用火一烧就成了灰,铜丝就全都落下来了,所以还得焊。先在粘满了铜丝的铜胎上喷水,然后拿银粉、铜粉、硼砂三种东西拌和,均匀地筛在上边,放到火里一烧,白芨成了灰,铜丝就牢牢地焊在铜胎上了。

随后就是放到稀硫酸里煮一下,再用清水洗。洗过以后,表面的氧化物和其他脏东西都去掉了,涂上的色料才可以紧贴着红铜,制成品才可以结实。

于是轮到涂色料的工作了,他们管这个工作叫点蓝。涂上的色料有好些种,不只是一种蓝色料,为什么单叫点蓝呢?原来这种制作方法开头的时候多用蓝色料,当时叫点蓝,就此叫开了

（我们苏州管银器上涂色料叫发蓝，大概是同样的理由）。这种制品从明朝景泰年间十五世纪中叶开始流行，因而总名叫景泰蓝。

用的色料就是制颜色玻璃的原料，跟涂在瓷器表面的釉料相类。我们在作场里看见的是一块块不整齐的硬片，从山东博山运来的。这里头基本质料是硼砂、硝石和碱，因所含的金属矿质不同，颜色也就各异。大概含铁的作褐色，含铀的作黄色，含铬的作绿色，含锌的作白色，含铜的作蓝色，含金含硒的作红色……

他们把那些硬片放在铁臼里捣碎研细，筛成细末应用。细末里头不免搀和着铁臼上磨下来的铁屑，他们利用吸铁石除掉它。要是吸得不干净，就会影响制成品的光彩。看来研磨色料的方法得讲求改良。

各种色料的细末都盛在碟子里，和着水，像画家的画桌上一样，五颜六色的碟子一大堆。点蓝工人用挖耳似的家伙舀着色料，填到铜丝界成的各种形式的小格子里。大概是熟极了的缘故，不用看什么图样，自然知道哪个格子里该填哪种色料。湿的色料填在格子里，比铜丝高一些。整个表面填满了，等它干燥以后，就拿去烧。一烧就低了下去，于是再填，原来红色的地方还是填红色料，原来绿色的地方还是填绿色料。要填到第三回，烧过以后，色料才跟铜丝差不多高低。

现在该说烧的工作了。涂色料的工作既然叫点蓝，不用说，烧的工作当然叫烧蓝。一个烧得挺旺的炉子，燃料用煤，炉膛比较深，周围不至于碰着等着烧的铜胎。烧蓝工人把涂好色料的铜胎放在铁架子上，拿着铁架子的弯柄，小心地把它送到炉膛里去。只要几分钟工夫,提起铁架子来,就看见铜胎全体通红,红得发亮,像烧得正旺的煤。可是不大工夫红亮就退了,涂上的色料渐渐显出它的本色,红是红绿是绿的。

涂了三回烧了三回以后,就是打磨的工作了。先用金刚砂石水磨,目的在使成品的表面平整。所谓平整,一是铜丝跟涂上的色料一样高低,二是色料本身也不许有一点儿高高洼洼。磨过以后又烧一回,再用磨刀石水磨。最后用椴木炭水磨,目的在使成品的表面光润。椴木木质匀净,用它的炭来水磨,成品的表面不起丝毫纹路,越磨越显得鲜明光滑。旁的木炭都不成。

椴木炭磨过,看来晶莹灿烂,没有一点儿缺憾,成一件精制品了,可是全部工作还没完,还得镀金。金镀在全部铜丝上,方法用电镀。镀了金,铜丝就不会生锈了。

全部工作是手工,只有待打磨的成品套在转轮上,转轮由马达带动的皮带转动,算是借一点儿机械力。可是拿着蘸水的木炭、磨刀石挨着转动的成品,跟它摩擦,还得靠打磨工人的两只手。起瓜楞的花瓶就不能套在转轮上打磨,因为表面有高有低,洼下去的地方磨不着。那非纯用手工打磨不可。

1955年1月2日作

(原载1955年3月22日《旅行家》月刊第3期)

记金华的两个岩洞

今年四月十四日，我在浙江金华，游北山的两个岩洞，双龙洞和冰壶洞。洞有三个，最高的一个叫朝真洞，洞中泉流跟冰壶、双龙上下相贯通，我因为足力不济，没有到。

出金华城大约五公里到罗店。那里的农业社兼种花，种的是茉莉、白兰、珠兰之类，跟我们苏州虎丘一带相类，但是种花的规模不及虎丘大。又种佛手，那是虎丘所没有的。据说佛手要那里的土培植，要双龙泉水灌溉，才长得好，如果移到别处，结成的佛手就像拳头那么一个，没有长长的指头，不成其为"手"了。

过了罗店就渐渐入山。公路盘曲而上，工人正在填石培土，为巩固路面加工。山上几乎开满映山红，比较盆栽的杜鹃，无论花朵和叶子，都显得特别有精神。油桐也正开花，这儿一丛，那儿一簇，很不少。我起初以为是梨花，后来认叶子，才知道不是。丛山之中有几脉，山上砂土作粉红色，在他处似乎没有见过。粉红色的山，各色的映山红，再加上或深或淡的新绿，眼前一片明艳。

一路迎着溪流。随着山势，溪流时而宽，时而窄，时而缓，时而急,溪声也时时变换调子。入山大约五公里就到双龙洞口,那溪流就是从洞里出来的。

在洞口抬头望,山相当高,突兀森郁,很有气势。洞口像桥洞似的作穹形,很宽。走进去,仿佛到了个大会堂,周围是石壁,头上是高高的石顶,在那里聚集一千或是八百人开个会,一定不觉得拥挤。泉水靠着洞口的右边往外流。这是外洞,因为那边还有个洞口,洞中光线明亮。

在外洞找泉水的来路,原来从靠左边的石壁下方的孔隙流出。虽说是孔隙,可也容得下一只小船进出。怎样小的小船呢?两个人并排仰卧,刚合适,再没法容第三个人,是这样小的小船。船两头都系着绳子,管理处的工友先进内洞,在里边拉绳子,船就进去,在外洞的工友拉另一头的绳子,船就出来。我怀着好奇的心情独个儿仰卧在小船里,遵照人家的嘱咐,自以为从后脑到肩背,到臀部,到脚跟,没一处不贴着船底了,才说一声"行了",船就慢慢移动。眼前昏暗了,可是还能感觉左右和上方的山石似乎都在朝我挤压过来。我又感觉要是把头稍微抬起一点儿,准会撞破了额角,擦伤了鼻子。大约行了二三丈的水程吧(实在也说不准确),就登陆了,那就到了内洞。要不是工友提着汽油灯,内洞真是一团漆黑,什么都看不见。即使有了汽油灯,还只能照见小小的一搭地方,余外全是昏暗,不知道有多么宽广。工友以导游者的身份,高高举起汽油灯,逐一指点内洞的景物。首先当然是蜿蜒在洞顶的双龙,一条黄龙,一条青龙。我顺着他的指点看,有点儿像。其次是些石钟乳和石笋,这是什么,那是什么,大都依据形状想象成仙家、动物以及宫室、器用,名目有四十多。这是各处岩洞的通例,凡是岩洞都有相类的名目。我不感兴趣,虽然听了,一个也没有记住。

有岩洞的山大多是石灰岩。石灰岩经地下水长时期的浸蚀,形成岩洞。地下水含有碳酸,石灰岩是碳酸钙,碳酸钙遇着水里的碳酸,就成酸性碳酸钙。酸性碳酸钙是溶解于水的,这是岩洞形成和逐渐扩大的缘故。水渐渐干的时候,其中碳酸分解成水和二氧化碳气跑走,剩下的又是固体的碳酸钙。从洞顶下垂,凝成固体的,就是石钟乳,点滴积累,凝结在洞底的,就是石笋,道理是一样的。唯其如此,凝成的形状变化多端,再加上颜色各异,即使不比做什么什么,也就值得观赏。

在洞里走了一转,觉得内洞比外洞大得多,大概有十来进房子那么大。泉水靠着右边缓缓地流,声音轻轻的。上源在深黑的石洞里。

查《徐霞客游记》,霞客在崇祯九年(一六三六)十月初十日游三洞。郁达夫也到过,查他的游记,是一九三三年十一月十二日。达夫游记说内洞石壁上"唐宋人的题名石刻很多,我所见到的,以庆历四年的刻石为最古。……清人题壁,则自乾隆以后绝对没有了,盖因这里洞,自那时候起,为泥沙淤塞了的缘故"。达夫去的时候,北山才经整理,旧洞新辟。到现在又是二十多年了,最近北山再经整理,公路修起来了,休憩茶饭的所在布置起来了,外洞内洞收拾得干干净净。我去的那一天是星期日,游人很不少,工人、农民、干部、学生都有,外洞内洞闹哄哄的,要上小船得排队等候好一会儿。这种景象,莫说徐霞客,假如达夫还在人世,也一定会说二十年前决想不到。

我排队等候,又仰卧在小船里,出了洞。在外洞前边休息了一会儿,就往冰壶洞。根据刚才的经验,知道洞里潮湿,穿布鞋非但容易湿透,而且把不稳脚。我就买一双草鞋,套在布鞋上。

从双龙洞到冰壶洞有石级。平时没有锻炼,爬了三五十级就气吁吁的,两条腿一步重一步了,两旁的树木山石也无心看了。爬爬歇歇直到冰壶洞口,也没有数一共多少级,大概有三四百级吧。洞口不过小县城的城门那么大,进了洞就得往下走。沿着石壁凿成石级,一边架设木栏杆以防跌下去,跌下去可真不是玩儿的。工友提着汽油灯在前边引导,我留心脚下,踩稳一脚再挪动一脚,觉得往下走也不比向上爬轻松。

忽然听见水声了,再往下没有多少步,声音就非常大,好像整个洞里充满了轰轰的声音,真有逼人的气势。就看见一挂瀑布从石隙吐出来,吐出来的地方石势突出,所以瀑布全部悬空,上狭下宽,高大约十丈。身在一个不知道多么大的岩洞里,凭汽油灯的光平视这飞珠溅玉的形象,耳朵里只听见它的轰轰,脸上手上一阵阵地沾着飞来的细水滴,这是平生从未经历的境界,当时的感受实在难以描述。

再往下走几十级,瀑布就在我们上头,要抬头看了。这时候看见一幅奇景,好像天蒙蒙亮的辰光正下急雨,千万枝银箭直射而下,天边还留着几点残星。这个比拟是工友说给我听的,听了他说的,抬头看瀑布,越看越有意味。这个比拟比较把石钟乳比做狮子和象之类,意境高得多了。

在那个位置上仰望,瀑布正承着洞口射进来的光,所以不须照灯,通体雪亮。所谓残星,其实是白色石钟乳的反光。

这个瀑布不像一般瀑布,底下没有潭,落到洞底就成伏流,是双龙洞泉水的上源。

现在把徐霞客记冰壶洞的文句抄在这里,以供参证。"洞门仰如张吻。先投杖垂炬而下,滚滚不见其底。乃攀隙倚空入。忽闻水声轰轰,秉炬从之,则洞之中央,一瀑从空下坠,冰花玉屑,从黑暗处耀成洁彩。水穴石中,莫稔所去。乃依炬四穷,其深陷逾朝真,而屈曲少逊。"

1957 年 10 月 25 日作

(原载 1957 年 11 月 22 日《旅行家》月刊第 11 期)

听评弹小记

我幼年常听书,历十几年之久。当时的名家,现在记得的有王效松、叶声扬、谢品泉、谢少泉、王绶卿、魏钰卿、朱耀庭、朱耀笙、薛筱卿等人。二十岁以后就不听了,到现在已经有四十多年,近几年到南方去,偶尔听几场而已。这一回上海市人民评弹团来京,我连听了三场,很感满意,随笔写些零星感想,顺便向来京的全体演员致意。

《礼拜天》编得好,可以说是一篇优秀的短篇小说。赵开生、石之磊两位表演得好,能曲折地描摹人物的心情和神态,叫人听罢不仅笑乐而已,而且受到鼓舞,精神振奋。我不知道类此的写新人新事的节目已经有多少,我以为这方面可以大大发展,尽多地创作或改编,增加新节目。现在听书不比从前,谁也没有闲工夫天天到书场去听长篇的书。我没听过中篇,只知道中篇所以产生就是为此。而中篇又不如短篇,短篇一回即了,让人带着余味走出书场,是最适合于今天的一种形式。我希望多创作短篇。创作之外,还可以从各种文艺刊物上采取。文艺刊物上优秀的短篇小说经常出现,只要随时留意,可以拿来改编的一定不少。创作或改编短篇,不一定是弹词,也可以是评话。前几年在南方听过一个短篇,好像叫《特别快车》,很不错,那就是评话。

《新木兰辞》依据《木兰辞》而有所增删。我以为删去"朝辞爷娘去……但闻燕山胡骑声啾啾"几句,删去"雄兔脚扑朔"几句,都很有意思。删去"朝辞爷娘去……",不提木兰依恋父母之情,跟木兰慷慨从军的气概吻合。删去末了四句,不强调木兰的女扮男装,见得木兰志在代父从军,女扮男装只是个手段而已,并不认为怎么了不起。徐丽仙唱《新木兰辞》,能以轻重徐疾抑扬表达辞情,大可欣赏。

《王魁负桂英》和《长生殿》不知道是什么时候编的,我幼年没听谁弹唱过。《王魁负桂英》大概依据《焚香记》传奇。徐丽仙所唱《阳告》、《情探》两段,敷桂英愤激之切,哀怨之深,充分传出,极为动人。《情探》中《离魂》一节,七字句用上三下四的句式,以前没听过,觉得很新鲜。戏剧曲艺唱句的句式不拘守旧样,也是推陈出新。创出新句式,而唱调又能跟新句式适应,当然就丰富了表现的手段。周云瑞在《情探》中表现王魁冷酷无情,利禄薰心,而绝无火气,可谓当行出色。《长生殿》大概依据《长生殿》传奇,杨氏兄弟弹唱《絮阁》一段,细腻工稳,唱和白得力于昆曲。

这一回来京的演员十一人,而说评话的只有张效声一人。我不知道整个评弹界里头,评话演员所占的成数是否也是这样少。如果确然少,我以为应该注意培养。评话的传统节目很多,新编节目适于评话的也不会少,必须多培养评话演员,才能继承传统,开拓新途。张效声的伯父张鸿声,我没听过他的书,张鸿声的师傅叶声扬,我听他的《英烈》不止一遍,这一回听张效声的《英烈》,颇有叶声扬的风格。又听两段《林海雪原》,杨子荣打虎,杨子荣威虎厅杀胡彪,神采奕奕,令人兴奋。

还有一句简单的话。我希望演员更注意字音,念准四声,使听众听起来不含胡,更顺耳。

听过之后记忆不全,仅能写这样浅近的几句,良为惭愧。

1961 年 4 月 19 日作

(原载 1961 年 6 月《曲艺》第 3 期)

俞曲园先生和曲园

俞曲园先生是清代末叶的著名学者。他的学术成就是多方面的，主要是继承了高邮王氏父子这一学派，用音韵训诂来解释古书，这方面的著作有《群经评议》和《诸子评议》。他的诗、文自成一家，文从辞顺，并不模仿古人，故而在文学方面很有创新的意味。他在小说、戏曲、通俗文学等方面也有不少著述，但是不甚受人注意。他的全部著述汇编成集，叫做《春在堂全书》，共五百卷。

曲园先生的原籍是浙江湖州府德清县，幼年却住在杭州府仁和县的临平镇，所以他说话带临平口音，杭州可以说是他的故乡。但是更确切地说，曲园先生的一生，跟苏州的关系最为密切。

早在太平天国革命以前，他从河南罢官之后直到晚年，住在苏州的时间最长久。开始住在庚戌状元石韫玉（琢堂）的旧屋五柳园中。马医科巷住宅建于光绪初年。所谓"曲园"在住房西侧春在堂的北面，因为地面是凸形，跟篆文（曲）字相似，故名"曲园"。其中开了个凹形的小池塘，又跟另一个篆文（曲）

字相似。曲水亭三面临水。对面有回峰阁。南侧的假山有两条小径,上有平台可以憩坐。北侧也有山石。牡丹台面对达斋。全园占地不大,可是布置极佳。

解放以后,曲园由曲园老人的曾孙俞平伯先生捐献给国家,现在年久失修,而且成了好些人家聚居的杂院。像曲园老人这样一位学者,咱们应该纪念他。而要纪念他,保存并修缮曲园是最好的办法。曲园的面积并不大,修缮并不费事,不用花大笔的钱,而对于发展旅游事业,尤其是增进中日友谊,却能起极好的作用。

曲园老人的著作,日本朋友购置的很多。日本学术界一向仰慕曲园老人,有不少日本学者专程来华,拜他为师。他又编选过日本人的中文诗,名为《东海投桃集》,收入《春在堂全书》。

曲园先生罢官以后,长期任杭州诂经精舍的山长。诂经精舍是个书院,书院是专门培养学术人才的学校,跟当时的科举制度并不相干,山长相当于校长。曲园老人虽在杭州任山长,在西湖边还有他的俞楼,可是他一直喜欢住苏州,只在春秋两季去杭州讲学,这样情形连续了三十一年。直到戊戌年他的孙子,平伯先生的父亲阶青(陛云)先生中了探花,他才不再两地往返,专住苏州,逝世之后才移灵杭州安葬。他的《春在堂全书》五百卷,大部分是在苏州著作的。苏州很多游览胜地都能见到他的墨迹,其中最为人们所熟悉的,是寒山寺的唐人张继《枫桥夜泊》诗碑。这块碑原来是文徵明写的,后来遗失了,曲园老人重写此诗,刻碑留在寺里。日本人一向敬重曲园老人,到苏州游览的,几乎人人要购买这块碑的拓片带回去。

修缮曲园,既是保存古迹,又可以促进国际交往,发展旅游事业。最近看见报载苏州成立园林建筑公司,修缮又很方便,我想,我的建议将会引起苏州市园林局直至中央文物局、旅游总局以及各界人士的注意和考虑。

1980 年 1 月 8 日作

(原载 1980 年 1 月 24 日《苏州报》)

我钦新凤霞

新凤霞演得一手好评剧,我早就知道;她还写得一手好文章,到去年才知道。

听孩子们说新凤霞有一篇文章写得挺好,发表在一本刊物上,就叫他们找来念给我听。原来是记齐白石老先生的。齐老先生的遗闻逸事也常听人说起,可是都没有新凤霞写的那么真。她不加虚饰,不落俗套,写的就是她心目中的齐老先生。我闭着眼睛听孩子念下去,仿佛看见了一位性情、习惯都符合他的出身、年龄、地位的老画家,同时也认识了一位敏慧的善于揣摩、体贴别人的心思而笔下绝不做作的新凤霞。于是叫孩子们去翻检报刊,检到新凤霞的东西再给我念,我又听了好几篇,都满意。

去年九月间,在一个招待会上遇见祖光。我问了新凤霞的健康情况,就说她写的东西好,希望她多写。祖光说她写了不少了,已经编成集子交给香港三联书店,还说既然我喜欢,出版之后就给我送去。没隔多久,祖光果然把《新凤霞回忆录》送来了,两指厚的一册,装帧挺惹人喜爱,收入几十幅照片,还有丁聪和黄黑蛮的插图。这本图文并茂的集子一到我们家,大大小小都争着看,看了不算,还要在饭桌上议论。我只好凑他们的空,挑一两篇让他们给我念。有时候等不及,就戴起老花镜,拿起放大镜,看它三页五页。好在看新凤霞的东西就像听她聊天,眼睛倦了,闭上休息一会儿也无妨。

新凤霞为什么能写得这样好,成了我家在饭桌上讨论的题目。她是祖光的夫人,得到老舍先生的鼓励,得到许多好朋友的支持,这些当然都是条件。但是有了这些好条件准能写出好东西来,怕也未必。主要的还在她的生活经历丰富。小时候受苦深,学艺不容易,解放以后在政治上翻了身,却又遭到不少波折……她写的不就是这些吗?她写老一辈艺人的苦难,旧班子旧剧场的黑幕;她写新时代评剧的改革,演员的新生;她写十年的浩劫,许多朋友遭到了厄运。要不是亲身经历过来,她也没有什么可写的了。但是从另外一方面想,跟她同辈的演员,经历大多跟她相仿,也有写回忆录的,像她这样畅达而深刻的似乎不多。这又为什么呢?

写东西当然得有丰富的生活经历,可是把经历写下来,要写得像个样儿,还得有一套本领。新凤霞就有这套本领,她能揣摩各种人物随时随地的内心世界,真够得上说体贴入微了。这套本领很可能是她从小学艺的时候练成的。她拜过几位师傅,几位师傅都没有认真教过她,她只好"看戏偷戏"——在戏院里偷着学。演龙套的时候在台上看戏,不上台的时候躲在后台看戏,她一边看一边揣摩,角儿在台上为什么这么唱这么做,为什么这么唱这么做才符合剧中人的身份和年龄,表现出剧中人的性格和心情。她不但看评剧,还看京剧、梆子、曲艺、话剧,都一边看一边揣摩。这功夫可下得深哪。先就人家唱的做的揣摩剧中人,进一步又就剧中人的身份、年龄、性格、心情揣摩自己上台去该怎么唱怎么做才更合式,新的角色就这么创造出来了,为评剧的革新作出了贡献。

是否可以这样说,新凤霞在舞台上取得成功,就因为她从小养成了观察和揣摩的习惯。观察和揣摩本来是生活的需要,作事的需要,同时也是写东西的先决条件,而在她已经成了习惯,难怪她能写得这样好,让人读着就像看她演戏一样受她的吸引。

祖光要我写几句话鼓励鼓励新凤霞。我只能说她这本回忆录给了我极好的享受,我非常感谢。能说的话确也有几句,只是意思平常,不敢藏拙,就写成这篇短文。

1981 年 1 月 16 日作

(原载 1981 年 3 月《大地》第 3 期)

子恺的画

　　推算起来大概是一九二五年的秋天,那时子恺在立达学园教西洋绘画,住在江湾。那一天振铎和愈之拉我到他家里去看他新画的画。画都没有装裱,用图钉别在墙壁上,一幅挨一幅的,布满了客堂的三面墙壁。是个相当简陋而又非常丰富的个人画展。

　　有许多幅,画题是一句诗或者一句词,像《卧看牵牛织女星》,《翠拂行人首》,《无言独上西楼》,等等。有两幅,我至今还如在眼前。一幅是《今夜故人来不来,教人立尽梧桐影》。画面上有梧桐,有站在树下的人,耐人寻味的是斜拖在地上的长长的影子。另一幅是《人散后,一钩新月天如水》。画的是廊下栏杆旁的一张桌子,桌子上凌乱地放着茶壶茶杯。帘子卷着,天上只有一弯新月。夜深了,夜气凉了,乘凉聊天的人散了——画面表现的正是这些画不出来的情景。

　　此外的许多幅都是从现实生活中取材的,画孩子的特别多。记得有一幅《阿宝赤膊》,两条胳膊交叉护在胸前,只这么几笔,就把小女孩的不必要的娇羞表现出来了。还有一幅《花生米不满足》,后来佩弦谈起过,说看了那孩子争多嫌少的神气,使他想起了"愈赖的儿时"。其实描写出内心的"不满足"的,也只是眼睛眉毛寥寥的几笔。

此外还有些什么,我记不清了;当时看画的还有谁,也记不清了。大家看着墙壁上的画说各自的看法,有时也发生一些争辩。子恺谢世后我写过一首怀念他的诗,有一句"漫画初探招共酌",记的就是那一天的事。"共酌"是共同斟酌研讨,并不是说在子恺家里喝了酒。总之,大家都赞赏子恺的画,并且怂恿他选出一部分来印一册画集,那就是一九二五年底出版的《子恺漫画》。

那一天的欢愉是永远值得怀念的。子恺的画开辟了一个新的境界,给了我一种不曾有过的乐趣。这种乐趣超越了形似和神似的鉴赏,而达到相与会心的感受。就拿以诗句为题材的画来说吧,以前读这首诗这阕词的时候,心中也曾泛起过一个朦胧的意境,正是子恺的画笔所抓住的。而在他,不是什么朦胧的了,他已经用极其简练的笔墨,把那个意境表现在他的画幅上了。

从现实生活中取材的那些画,同样引起我的共鸣。有些事物我也曾注意过,可是转眼就忘记了;有些想法我也曾产生过,可是一会儿就丢开,不再去揣摩了。子恺却有非凡的能力把瞬间的感受抓住,经过提炼深化,把它永远保留在画幅上,使我看了不得不引起深思。

隔了一年多,子恺的第二本画集出版了,书名直截了当,就叫《子恺画集》。记得这第二本全都从现实生活取材,不再有诗句词句的题材了。当时我想过,这样也好,诗词是古代人写的,画得再好，终究是古代人的思想感情。"旧瓶"固然可以"装新酒"，那可不是容易的事，弄得不好就会落入旧的窠臼。现实生活中可画的题材多得很，尤其是子恺，他非常善于抓住瞬间的感受，正该从这方面舒展他的才能。

佩弦的意见跟我差不多，他在《子恺画集》的跋文中说："本集索性专载生活的速写，却觉精彩更多。"他称赞的《瞻瞻的车》和《阿宝两只脚，凳子四只脚》，这几幅都是我非常喜欢的。还有佩弦提到的《东洋和西洋》和《教育》，我也认为非常有意思。《东洋和西洋》画一个大出丧的行列，开路的扛着"肃静"、"回避"的行牌，来到十字路口，让指挥交通的印度巡捕给拦住，横路上正有汽车开过——东方的和西方的，封建的和殖民地的，在十字路口碰头了，真是耐人深思的一瞬间啊！《教育》画的是一个工匠在做泥人，他板着脸，把一团一团泥使劲往模子里按，按出来的是一式一样的泥人。是不是还有人在认真地做这个工匠那样的工作呢？直到现在，还值得我们深刻反省。

第二本画集里还有好些幅工整的钢笔画。其中的《挑荠菜》、《断线鹞》、《卖花女》，曾经引起当时在北京的佩弦对江南的怀念。我想，要是我再看这些幅画，一定会像佩弦一样怀念起江南、怀念起儿时来。扉页上还有一幅钢笔画，画一个蜘蛛网，粘着许多花瓣儿，中央却坐着一个人。扉页背面印上了两句古人的词："檐外蛛丝网落花，也要留春住。"这样看来，蜘蛛网中央的人就是子恺自己了。他大概要说明，他画这些画，无非为了留住一些刹那间的感受。我连带想到，近来受了各方面的督促，常常要写些回忆老朋友的诗文,这就有点儿像子恺画在蜘蛛网中央的那个人了。

1981年7月2日作

(原载1981年9月《百科知识》第9期)

从《扬州园林》说起

一九五六年，同济大学建筑系印行陈从周教授编撰的《苏州园林》。我汇去五块钱购得一册，随时翻看，非常喜爱。苏州园林多，这许多摄在相片里的园林，大部分我没到过，可是最好最著名的几个，全是我幼年时经常去玩的。拙政园，沧浪亭，怡园，留园，网师园，几乎可以说每棵树，每道廊，每座假山，每个亭子我都背得出来。看了这几个园的相片，仿佛回到了幼年，遇见了旧友，所以我喜爱。相片中照的虽是旧游之地，又好像从前没有见过这一景，于此可见照相艺术的高妙，所以我喜爱。每张相片之下题着古人的词句，读了词句再来看相片，更觉得这一景确乎是美的境界，所以我喜爱。可惜的是词句之下没有标明是谁的词句，什么调。再则相片之外还有测绘精确的各个园的平面图，各处亭台楼阁的平面图或立面图，以及窗棂、花墙之类的精细图案，这些是我国古建筑史的珍贵资料，虽是外行也懂得，所以我喜爱。还有一点，这本图册不是陈从周教授个人的著作，是他带领建筑系的同学出外实习的产物。这样的实习是最好的教学方法，最合于教育的道理，所以我喜爱。

过了十八年,我跟从周开始通信。这才知道他善于绘画。承他画了好多幅梅兰松竹赠我,我在一九七四年十二月间回敬他一阕《洞仙歌》,现在抄在这儿。

园林佳辑,已多年珍玩。拙政诸图寄深眷。想童时常与窗侣嬉游,踪迹遍山径楼廊汀岸。 今秋通简札,投甓招琼,妙绘频贻抱惭看。古趣写朱梅,兰石清妍,更风筱幽禽为伴。盼把晤沧浪虎丘间,践雅约兼聆造形精鉴。

到现在十年了,十年间虽然晤谈好多回,同游沧浪亭和虎丘的愿望可没有实现。

去年,《苏州园林》在日本重印了。新加坡周颖南先生从日本买了,寄一册赠与我。内容跟旧本全同,装订比旧本好。经过了将近三十年,旧本大概很难找到了,把它重印是必要的,因为它是有用的书,不是泛泛的书。

最近突然接到从周寄赠的上海科学技术出版社出版的《扬州园林》,在我可以说又惊又喜。为什么惊?因为他又编成了《扬州园林》,今年可以出版,一个字也没跟我提起过,突然来了这样一本《苏州园林》的姐妹篇,印刷装订都挺精美,还有十几张相片彩色精印,是《苏州园林》所没有的,怎么能叫我不惊呢?

我第一次游扬州在二十年代,最初的好印象就是诗词中常用的"绿杨城郭"四个字。那么柔和茂密的葱绿的垂杨柳在春风中轻轻翻动,从来没见过,感到没法说清楚的美。后来又到过扬州三四次,都跟第一次同样匆匆,所以除了瘦西湖中及其周围的若干必游处所,扬州的名园一个也没到过。现在有了这本《扬州园林》,我可以从从容容"卧游"了,因此越发感激从周寄赠此册的厚意。

《扬州园林》中有从周撰写的一篇概说,小字密排,两万多字。我视力极度衰退,没法看,想让孙辈念给我听,他们不得空闲,所以至今还没听见这篇概说。可是从周的《说园》五篇却是我自己看的,每天看十来页,持之以恒,居然看完了。因为那是《同济大学学报》的抽印本,大字楷书,我还能对付,把它看清。这五篇《说园》是从周对造园艺术的全部思想的表述,他的哲学、美学、建筑学的观点全都包容在里面。如今在全国范围内,不是正在整理名胜,修复古建筑吗?他写这五篇《说园》的用意,就在使主其事的人懂行,知道为什么要整理和修复,该怎样去整理和修复,庶几不至于弄巧成拙,把好事办成坏事。因此,我以为这五篇《说园》是有心人的话,并非偶然兴到的漫笔。至于看得见的具体例子,则有《苏州园林》、《扬州园林》两本图册在。图册跟《说园》交相为用,彼此参看,对整理和修复必然更有益处。因此我想向关心整理和修复的人进言,你们既然爱看苏州、扬州两本图册,请同时阅览从周的五篇《说园》。

我久已想向从周贡献些意思,因为头绪多,不容易想清楚,整理得有条有理,至今还没写出来。现在我想,等待完全想清楚,整理成条理,不知将在何年何月。不如把想到的随手写些出来,写错了将来再改,写乱了将来再调整,岂不是好。因此,下文就写这些不成条理的想头。

扼要总说一句其实也不难,难在分疏细说,说得明畅透彻。姑且先扼要总说一句:我恳切盼望从周在拍摄、测绘古园林,为整理和修复古园林尽力之外,凭他的哲学、美学、建筑学的观点,为大众造园;所谓大众,包括各地的居民和来自国内国外的旅游者。

我想,如苏州、扬州的那些名园,原先都是私家所有,不是为大众修造的,当然不为大众考虑。因此,那些园只宜于私家享受。大众去游览,要感到娱目赏心,得到美的享受,就未必做得到,大多只能做到"到此一游"而已。

私家造园,当然只须为私人着想。宾朋雅集,举家游赏,估计一百人大概差不多了。游人少,园小也见得宽舒。在宽舒的环境里,站在适当的地点,凭审美的眼光观看,就能发现这儿有佳景,那儿也有佳景。从周两本图册里的那些相片所以特别难能可贵,就在于在那些园林全归公有,其中几个名园的游人成千上万的,近三十年间,竟能够像独个儿游园似的,从从容容地凭他的审美观点,随处发现佳景,随时对准镜头,摄成那么多的精美相片。我料想多数游人未必能够如此。在挤挤攘攘之中,预防碰撞照顾同伴还来不及,即使有审美的素养也顾不到审美了。带了照相机的人也难办。一则在扰攘之中无从审美。二则即使能在意想排除其他游人,发现美景,实际上又怎么能排除呢?照不成好相片也无关紧要,紧要的是游园而没有得到应得的享受。——以上是我以为古名园不甚适宜于大众游览的一层意思。

再就古名园不甚宜于大众游览加说几句。古名园的亭台楼阁、厅堂庭院以及假山回廊、九曲桥之类不宜于大众的挤,厅堂里的那些椅子凳子不适于也不够供大众的坐。无论厅堂的面积多么大,川流不息的人群在里面流过,谁也不容停一停步,挤进去了就挤出来,这有什么意思?厅堂里的那些椅子凳子全是上好木材,精巧工致,大多标明"请勿坐",有的园不标明,由谁去坐呢？我一向有个感觉，古人制造那些讲究坐具，抱的是"为坐具而坐具"的观点，讲究的是构图的繁简，雕琢的精粗之类，坐上去身体舒泰不舒泰，那是不考虑的。说得明白些，那些讲究坐具坐上去并不舒泰，不如现今的藤椅和沙发。

以下再说一层意思。古名园往往要求"万物皆备于我"。"万物皆备于我"，就一方面说，是挺高妙的一种思想境界；就另一方面说，却是私有欲的表现，私家园林之所以为私家园林，富绅豪商和皇帝的私家园林都如此。为了要求"万物皆备于我"，往往出现不配称的布局。厅堂前面或后面堆起一座假山，不怎么大的荷花池旁边来一艘旱船，就是例子。厅堂和假山，荷花池和旱船，拆开来看都不错，合起来看就见得不呼应，不谐和。这对于如今的游览大众是不甚相宜的。有的人看了以为这样布局就挺美，有的人看了不免怅然，心里在摇头；这在供应大众以又适当又充分的美的享受以及逐步提高全社会的精神文明这两点上，都不免有所欠缺。

关于假山，在这儿我想说几句。现在为大众造园，只须因地制宜，不要求"万物皆备于我"，没有真山就不用堆假山。莫说堆假山的好手不容易找，假如有，在整理和修复古名园的工作中就大有好手用武之地。

外行话说得不少了，应该就此打住了。我恳切盼望从周为大众造园，想到两个具体的项目，现在就写出来，其实也不可能不是外行话。

一个项目是，以太湖周围为范围，在不征用或尽少征用农田的前提下，挑选若干地点兴建游览区，供大众享受。一切利用自然而加以斟酌修正，务求有益于大众的身心。如果在游览区修建旅舍,应该显示出当地建筑的特色;而饮食起居和供应服务各方面务必专心致志为游览的大众着想,使他们心里真个满意。千万不要修建火柴匣式的高楼,那是大城市不得已的产物,我不知道住在里边是什么滋味。我从相片或电视中看,无论单座高楼或多座高楼,总之感到这是大城市异常的丑。咱们太湖周围的游览区不能学它。

再一个项目是,在调查研究的基础上,分成若干类型,按类型为各地农村绘制两种设计图案,一是住房的设计图案,二是屋前屋后园圃的设计图案,以供广大农民采用。如今各地农民逐渐走上富裕的道路,他们不但要求有足够的房子住,还要求住得舒服,生活上精神上更感到愉快。为了这一点为农民服务,设计制图,真可谓无量功德。至于屋前屋后的布置,经过专家的考虑,可能做到更经济更美,也不是无关重要的细事。这个项目好像不是造园,其实是广义的造园。

以上说的两个项目,当然要由从周带领同济大学的同学们共同去做。那么,这样做是最高明的教学方法,同时又是最踏实的教育实践。从周精力充沛,不怕多事,学力和经验两扎实,看了我提出的两个项目,想必会有跃跃欲试的意思。可惜我说得不透彻,欠具体,通篇看来更见得杂乱无章。用这样的拙作来报答从周寄赠《扬州园林》的厚意,就从周方面说,与拙词《洞仙歌》里的句子正相反背,可谓"投琼招甓"了。

1983 年 7 月 12 日作

(原载 1983 年 10 月 11 日《文汇报》)

《苏州园林》序

一九五六年,同济大学出版陈从周教授编撰的《苏州园林》,园林的照片多到一百九十五张,全都是艺术的精品:这可以说是建筑界和摄影界的一个创举。我函购了这本图册,工作余闲翻开来看看,老觉得新鲜有味,看一回是一回愉快的享受。过了十八年,我开始与陈从周教授相识,才知道他还擅长绘画。他赠我好多幅松竹兰菊,全是佳作,笔墨之间透出神韵。我曾经填一阕《洞仙歌》谢他,上半专就他的《苏州园林》着笔,现在抄在这儿:"园林佳辑,已多年珍玩。拙政诸图寄深眷。想童时常与窗侣嬉游,踪迹遍山径楼廊汀岸。"这是说《苏州园林》使我回想到我的童年。

苏州园林据说有一百多处,我到过的不过十多处。其他地方的园林我也到过一些。倘若要我说说总的印象,我觉得苏州园林是我国各地园林的标本,各地园林或多或少都受到苏州园林的影响。因此,谁如果要鉴赏我国的园林,苏州园林就不该错过。

设计者和匠师们因地制宜,自出心裁,修建成功的园林当然各各不同。可是苏州各个园林在不同之中有个共同点,似乎设计者和匠师们一致追求的是:务必使游览者无论站在哪个点上,眼前总是一幅完美的图画。为了达到这个目的,他们讲究亭台轩榭的布局,讲究假山池沼的配合,讲究花草树木的映衬,讲究近景远景的层次。总之,一切都要为构成完美的图画而存在,决不容许有欠美伤美的败笔。他们唯愿游览者得到"如在图画中"的实感,而他们的成绩实现了他们的愿望,游览者来到园里,没有一个不心里想着口头说着"如在图画中"的。

我国的建筑,从古代的宫殿到近代的一般住房,绝大部分是对称的,左边怎么样,右边也是怎么样。苏州园林可绝不讲究对称,好像故意避免似的。东边有了一个亭子或者一条回廊,西边决不会来一个同样的亭子或者一道同样的回廊。这是为什么?我想,用图画来比方,对称的建筑是图案画,不是美术画,而园林是美术画,美术画要求自然之趣,是不讲究对称的。

苏州园林里都有假山和池沼。假山的堆叠可以说是一项艺术而不仅是技术。或者是重峦叠嶂,或者是几座小山配合着竹子花木,全在乎设计者和匠师们生平多阅历,胸中有丘壑,才能使游览者远望的时候仿佛观赏宋元工笔云山或者倪云林的小品,攀登的时候忘却苏州城市,只觉得在山间。至于池沼,大多引用活水。有些园林池沼宽畅,就把池沼作为全园的中心,其他景物配合着布置。水面假如成河道模样,往往安排桥梁。假如安排两座以上的桥梁,那就一座一个样,决不雷同。池沼或河道的边沿很少砌齐整的石岸,总是高低屈曲任其自然。还在那儿布置几块玲珑的石头,或者种些花草:这也是为了取得从各个角度看都成一幅画的效果。池沼里养着金鱼或各色鲤鱼,夏秋季节荷花或睡莲开放。游览者看"鱼戏莲叶间",又是入画的一景。

苏州园林栽种和修剪树木也着眼在画意。高树与低树俯仰生姿。落叶树与常绿树相间,花时不同的多种花树相间,这就一年四季不感到寂寞。没有修剪得像宝塔那样的松柏,没有阅兵式似的道旁树;因为依据中国画的审美观点看,这是不足取的。有几个园里有古老的藤萝,盘曲嶙峋的枝干就是一幅好画。开花的时候满眼的珠光宝气,使游览者只感到无限的繁华和欢悦,可是没法细说。

游览苏州园林必然会注意到花墙和廊子。有墙壁隔着,有廊子界着,层次多了,景致就见得深了。可是墙壁上有砖砌的各式镂空图案,廊子大多是两边无所依傍的,实际是隔而不隔,界而未界,因而更增加了景致的深度。有几个园林还在适当的位置装上一面大镜子,层次就更多了,几乎可以说把整个园林翻了一番。

游览者必然也不会忽略另外一点,就是苏州园林在每一个角落都注意图画美。阶砌旁边栽几丛书带草。墙上蔓延着爬山虎或者蔷薇木香。如果开窗正对着白色墙壁,太单调了,给补上几竿竹子或几棵芭蕉。诸如此类,无非要游览者即使就极小范围的局部看,也能得到美的享受。

苏州园林里的门和窗,图案设计和雕镂琢磨功夫都是工艺美术的上品。大致说来,那些门和窗尽量工细而决不庸俗,即使简朴而别具匠心,四扇,八扇,十二扇,综合起来看,谁都要赞叹这是高度的图案美。摄影家挺喜欢这些门和窗,他们斟酌着光和影,摄成称心满意的照片。

苏州园林与北京的园林不同,极少使用彩绘。梁和柱子以及门窗阑干大多漆广漆,那是不刺眼的颜色。墙壁白色。有些室内墙壁下半截铺水磨方砖,淡灰色和白色对衬。屋瓦和檐漏一律淡灰色。这些颜色与草木的绿色配合,引起人们安静闲适的感觉。而到各种花开的时节,却更显得各种花明艳照眼。

可以说的当然不止以上写的这些,病后心思体力还差,因而不再多写。我还没有看见风光画报出版社的这册《苏州园林》,既承嘱我作序,我就简略地说说我所想到感到的。我想这一册的出版是陈从周教授《苏州园林》的继续,里边必然也有好些照片可以与我的话互相印证的。

1979 年 2 月 6 日作

(原载 1979 年 9 月 15 日《百科知识》第 4 期,
原题为《"拙政诸园寄深眷"——谈苏州园林》)

知识链接

【文学常识】

一、作家介绍

叶圣陶(1894—1988)原名绍钧,字圣陶,1894年10月28日诞生于苏州城内悬桥巷一个平民家庭,1912年春在苏州公立第一中学堂(校址在王废基北之草桥,通称"草桥中学")毕业后,任苏州中区第三初等小学教员(校址在干将坊言子庙,通称"言子庙小学")。1915年春至上海商务印书馆附设的尚公学校任高小教员。1917年春任苏州甪直镇吴县县立第五高等小学教员。1921年秋任教于上海吴淞中国公学中学部,同年11月任教于杭州第一师范学校。1922年任北京大学中国文学系预科讲师。1923年进商务印书馆国文部任编辑。1931年任开明书店编辑。抗日战争全面爆发后,举家西迁,任教于重庆国立中央戏剧学校、北碚复旦大学、乐山武汉大学。1940年任四川省教育科学馆专门委员。1942年,主持开明书店编译所成都办事处工作。1946年初回到上海,主持开明书店编辑部工作。1949年春任华北人民政府教科书编审委员会主任。新中国成立后被任命为出版总署副署长。1954年10月,任教育部副部长。1980年任中央文史研究馆馆长。1983年6月在第六届全国政协第一次大会上当选为副主席。1984年12月在中国民主促进会七届二中全会上,被推选为主席。1988年2月16日去世,骨灰葬于苏州甪直叶圣陶纪念馆之北,唐代诗人陆龟蒙墓之南。代表作有短篇集《隔膜》、《火灾》、《未厌集》,散文集《未厌居习作》、《小记十篇》,童话集《稻草人》、《古代英雄的石像》,长篇小说《倪焕之》,读写的故事《文心》(与夏丏尊合著),以及语文教学指导专著《精读指导举隅》(与朱自清合著)、《略读指导举隅》(与朱自清合著)等。

二、作家评价

　　我第一次与圣陶见面是在民国十年的秋天。那时刘延陵兄介绍我到吴淞炮台湾中国公学教书。到了那边,他就和我说:"叶圣陶也在这儿。"……我看出圣陶始终是个寡言的人。大家聚谈的时候,他总是坐在那里听着。他却并不是喜欢孤独,他似乎老是那么有味地听着。至于与人独对的时候,自然多少要说些话;但辩论是不来的。他觉得辩论要开始了,往往微笑着说:"这个弄不大清楚了。"这样就过去了。他又是个极和易的人,轻易看不见他的怒色。……他的和易出于天性,并非阅历世故,矫揉造作而成。他对于世间妥协的精神是极厌恨的。在这一月中,我看见他发过一次怒;——始终我只看见他发过这一次怒——那便是对于风潮的妥协论者的蔑视。

——朱自清:《我所见的叶圣陶》,《朱自清全集》第2卷,江苏教育出版社1997年版

圣陶对于中国新文学的光辉的贡献,海内早有公论,决不因我的赞美而加重。我们二十多年的交谊,使我从圣陶的"为人"与其作品看到了最重要的一点,即两者的统一与调和。作品乃人格之表现:这句话于圣陶而益信。凡是认识他的朋友们都不能不感到,和圣陶相对,虽然他无一语,可是令人消释鄙俗之心,读他的作品亦然。你要从他作品之中找寻惊人之事,那不一定有;然而即在初无惊人处有他那种净化升华人的品性的力量。才华焕发,规模阔大,有胜于圣陶的,但圣陶的朴素谨严的作风,及其敦厚诚挚的情感,自有不可及处。我们所以由衷的爱慕圣陶,而圣陶的作品对于青年的教育意义之重大,唯有从这一点才得到了最真切的说明。

人生五十,也还是壮年;文学界二十多年的老战士,在这民族解放战争的大时代,动心忍性,其积养之丰之厚,将必回荡而凝结,放射异彩,我们今天为圣陶五十岁的纪念而庆祝,我更预祝不久的将来,再为圣陶的光辉的新作而共尽一杯!

——茅盾:《祝圣陶五十寿》,1944年12月5日《华西晚报·每周文艺》第1号

《左传》说不朽有三种,居第一位的是立德。在这方面,就我熟悉的一些前辈说,叶老总当排在最前列。何以这样说?有大道理为证。中国读书人的(指导行为的)思想,汉魏以后不出

三个大圈圈,儒道释。搀和的情况很复杂,有的人儒而兼道,或阳儒阴道;有的人儒而兼释,或半儒半释;有的人达则儒,穷则修道(或道或释的道);等等。叶老则不搀和,是单一的讲修齐治平的儒;或者更具体一些说,是名副其实的"躬行君子,则吾未之有得"的躬行君子。

——张中行:《叶圣陶》,《负暄续话》,黑龙江人民出版社 1990 年版

  (1988 年)2 月 16 日上午 9 时许,我在圣陶先生辞世后才赶到医院,成为我此生一大憾事。但总算最后一次见到了还安睡在病床上的圣陶先生。他宛如生前一样那么安详,那么慈厚。如果从读《城中》之年算起,我师事圣陶先生将近六十年。这些天,圣陶先生的道德文章、音容笑貌时刻萦绕在脑际,我不想用(也想不好用哪些)词语来表达我对圣陶先生崇敬的心情。这里引用另一位已故的长者杨东莼先生在周恩来总理逝世后不久对我说的一句话吧。他说:"古今无完人,总理嘛,其庶几乎。"把当中三个字换成"圣陶先生嘛",我觉得也是十分恰切的。

——张志公:《圣陶先生永远督促我上进》,1988 年 3 月 6 日《光明日报》

三、作品评价

  叶绍钧的《五月卅一日急雨中》,郑振铎关于五卅的诗文,就是很好的例。如果我们把这一篇小品文看了以后,再回顾前期的几篇作品,它的发展的途径是显然的。约略的说,是从反封

建的重心移到反对帝国主义的重心,从激昂的反抗到相对的肉搏,从对现状的不满到愤怒的抨击,从个人主义的观点,到反个人主义的立场。

——阿英:《〈现代十六家小品〉序》,《现代十六家小品》,光明书局1935年版

叶绍钧风格谨严,思想每把握住现实,所以他所写的,不问是小说,是散文,都令人有脚踏实地,造次不苟的感触。所作的散文虽则不多,而他特有的风致,却早在短短的几篇文字里具备了:我以为一般的高中学生,要取作散文的模范,当以叶绍钧氏的作品最为适当。

——郁达夫:《〈中国新文学大系·散文二集〉导言》,《中国新文学大系·散文二集》,上海良友图书印刷公司1935年版

叶(圣陶)氏自己的文字,结构谨严,针缕绵密,无一懈笔,无一冗词,沉着痛快,惬心贵当,既不是旧有白话文的调子,也不是欧化文学的调子,却是一种特创的风格,一见便知道是由一个斲轮老手笔下写出来的。这实在是散文中最高的典型,创作中最正当的轨范。

——苏雪林:《俞平伯和他几个朋友的散文》,1935年3月《青年界》第7卷第1号

在第一期(1917—1927)创作上,以最诚实的态度,有所写作,且十年来犹能维持那种沉默努力的精神,始终不变的,还是叶绍钧。写他所见到的一面,写他所感到的一面,永远以一个中

等阶级的身分与气度,创作他的故事,在文学方面,则明白动人;在组织方面,则毫不夸张。虽处处不忘却自己,却仍然使自己缩小到一角上。一面是以平静的风格,写出所能写到的人物事情。叶绍钧的创作,在当时是较之一切人作品为完全的。《隔膜》代表作者最初的倾向,在作品中充满淡淡的哀戚。作者虽不缺少那种为人生而来的忧郁寂寞,因为早婚的原因,使欲望平静,乃能以作父亲态度,带着童心,写成了一部短篇童话。这童话名为《稻草人》。读《稻草人》,则可明白作者是在寂寞中怎样做梦,也可以说是当时一个健康的心,所有的健康的人生态度。求美,求完全,这美与完全,却在一种天真的想象里,建筑那希望,离去情欲,离去自私,是那么远,那么远!在一九二二年后创造社浪漫文学势力暴长,"郁达夫式的悲哀"成为一个时髦的感觉后,叶绍钧那种梦,便成一个嘲笑的意义而存在,被年青人所忘却了,然而从创作中取法,在平静美丽的文字中,从事练习,正确的观察一切,健全的体会一切,细腻的润色,美的抒想,使一个故事在组织篇章中,具各样不可少的完全条件,叶绍钧的作品,是比一切作品,还适宜于取法的。他的作品缺少一种眩目的惊人的光芒,却在每一篇作品上,赋予一种温暖的爱,以及一个完全无疵的故事,故给读者的影响,将不是趣味,也不是感动,是认识。认识一个创作应当在何种意义下成立,叶绍钧的作品,在过去,以至于现在,还是比一切其他作品为好。

——沈从文:《论中国创作小说》,1931 年 4 月 15 日《文艺月刊》第 2 卷 4 号

在所有《小说月报》早期的短篇作家之中,叶绍钧(抗战以

来自署叶圣陶,圣陶是他的字)是最经得起时间考验的一位。不错,他的作品没有一篇能像《狂人日记》或《阿Q正传》那样对当时的广大群众发生深厚的影响,在文学史上也不会享有同样的地位。鲁迅小说家的地位,靠几个短篇小说就建立起来,但叶绍钧却能很稳健地在六个小说集子①里维持了他同时代的作家鲜能匹敌的水平。除了稳健的技巧之外,他的作品还具有一份敦厚的感性,虽然孕育于当时流行的观念和态度中,却能不落俗套,不带陈腔。

他写散文时的文体,温和谦冲,与其小说文笔相仿,既不像那些追求"美文"作者的华丽,也不像那些模仿晚明散文家那样过分的洒脱。叶绍钧文笔的长处乃在于观察力。在《两法师》这一篇有名的文章里,叶绍钧写下了他对两位同样知名的人物的印象:印光法师与前面提过的弘一法师。在他的仔细观察之下,后者是个真正谦卑信佛的人,而前者则是个道学家,甚至是个欺世盗名之徒,不能超脱于傲慢与气焰之外。

——夏志清:《中国现代小说史》,刘绍铭等译,香港友联出版社有限公司1979年版

四、关于《中学生》杂志

开明书店出版的《中学生》杂志,创刊于1930年1月,最初由夏丏尊主编,这是一份以中学高年级学生为对象,指导他们如何做人、如何读书和写作的月刊。夏丏尊在《发刊辞》中说:

合数十万年龄悬殊趋向各异的男女青年于舍混的"中

---

① 叶圣陶的六个小说集是《隔膜》、《火灾》、《线下》、《城中》、《未厌集》和《四三集》。

学生"一名词之下,而除学校本身以外,未闻有人从旁关心于其近况与前途,一任其彷徨于纷叉的歧路,饥渴于寥廓的荒原,这不可谓非国内的一件怪事和憾事了。

我们是有感于此而奋起的。愿借本志对全国数十万的中学生诸君,有所贡献。本志的使命是:替中学生诸君补校课的不足;供给多方的趣味与知识;指导前途;解答疑问;且作便利的发表机关。

自1931年3月(《中学生》总第13号)起,改由叶圣陶主编,1937年8月因抗战全面爆发而停刊,1939年5月在桂林复刊,为了适应战时的需要改为"战时半月刊",后来又改为"战时月刊",在重庆出版,叶圣陶任社长。抗战胜利后,《中学生》迁回上海,仍由叶圣陶主编,1949年9月出至总第215期时与《进步青年》合并。

《中学生》竭尽精力培养人才,开设的专栏有"时事瞭望台"、"伟大人物的少年时代"、"我的中学时代"、"贡献今日的青年"、"青年论坛"、"青年文艺"、"出了中学以后"、"在抗战中成长"、"文章病院"、"作文修改"等。叶圣陶在为《中学生》作的介绍辞中说:《中学生》"充满着进步的、活跃的精神",是中学生"生活上的密友,课外的知识库",是"为中学一切利益而努力的刊物"。他"每天看几十封来信",从而能准确地"把握住青年人的情绪和需要",使《中学生》"紧密地渗透在那个时代青年人的生活、知识与思想当中"。数以万计的学生家长把《中学生》称为"子弟杂志",把主编《中学生》的夏丏尊和叶圣陶称为中学生的"保姆";青年学生把《中学生》称作"课余良伴",把夏丏尊和叶圣陶推崇为他们最敬佩的良师益友。叶圣陶以《中学生》

为园地,在给青年提供精美的精神食粮的同时,指导他们如何去"努力追求文化与智慧",懂得"有所爱有所恨,有所为有所不为"。著名理论家胡绳在《我和〈中学生〉》一文中说:《中学生》是"我的启蒙的老师","因为给《中学生》杂志投稿,我认识了叶圣老","他教我写文章,给我改文章"。像胡绳这样受到《中学生》启蒙和扶植,得到叶圣陶关心和帮助成长为名家的还有吴潜英、秦牧、彭子冈、沈振黄、庞渔艇、王知伊等。

【要点提示】

一、练习写作"从木炭习作入手"

叶圣陶在《〈未厌居习作〉自序》中说:"我常常想,有志绘画的人无论爱好什么派别,或者预备开创什么派别,他总得从木炭习作入手。有志文艺的人也一样,自由自在写他的经验和意想就是他的木炭习作。无奈我们从前的国文教师不很留心这一层,所出题目往往叫我们向自己经验和意想以外去找话说,这使我们在技术修练上吃了不小的亏。吃了亏只有想法补救,有什么经验就写,有什么意想就写,一方面可以给人家看看,一方面就好比学画的描画一个石膏人头。即使没有大的野心,不预备写什么传世的大作,这修练也是有益的。能把自己的经验和意想畅畅快快地写出来,在日常生活上就有不少的便利。我是存着这种想头写这些散文的,所以给这一本集子取了个'习作'的名称。"

二、作文就是"写话"

叶圣陶说作文就"是用笔来说话",把心里想说的话写在纸上就成了"作文",而这"话"一定要是"诚实的自己的话"。"诚实的自己的话"中第一位的是"立诚"。他在《读者的话》中说:"我要求你们的工作完全表现你们自己,不仅是一种主张,一个意思要是你们的,便是细到像游丝的一缕情怀,低到像落叶的一声叹息,也要让我认得出是你们的,而不是旁的人的。"无论是说理、抒情、歌咏、讽喻,都是自己胸臆中流出来的甘泉,"出自肺腑发自丹田"。

三、下列作家中同属文学研究会的是（　）

（2008年专升本试题）

A. 沈雁冰、叶圣陶、谢冰心

B. 郭沫若、郁达夫、谢冰心

C. 沈雁冰、朱自清、郁达夫

D. 朱自清、钱锺书、梁实秋

答案:A

【答案解析】郭沫若、郁达夫是创造社成员。梁实秋是著名的文艺批评家,不是文学研究会成员。钱锺书是中国现代著名的学者、作家,也不是文学研究会成员。

【学习思考】

一、5月的"纪念日"最多:5月1日"国际劳动节",5月3日"济南惨案",5月4日"五四运动",5月9日"国耻纪念日",5月12日"国际护士节",5月21日"马日事变",5月30日"五卅运动",5月31日《塘沽协定》,请述说与这些"纪念日"相关的资料。

二、《五月三十一日急雨中》是叶圣陶当时行动和心情的纪实。叶圣陶怀着满腔的愤怒,冒着"如恶魔的乱箭"似的急雨,赶到惨案发生地,"我想参拜我们的伙伴的血迹,我想用舌头舔尽所有的血迹,咽入肚里",类似这样的描写体现了作者怎样的心情?

三、《荣宝斋的彩色木刻画》中写到"诗笺"、"信笺"和印造彩色木刻画的木板。我国现代作家中鲁迅先生与郑振铎先生辑印过《北平笺谱》和《十竹斋笺谱》。郑振铎先生在《〈北平笺谱〉》中说:"诗笺之作由来已久,迨明季胡曰从《十竹斋笺谱》出,精工富丽,备具众美,中国雕版彩画至是叹为观止。"请说说文化人写诗喜欢用"诗笺"、写信喜欢用"信笺"的理由,以及为什么用"梨枣"作为木刻的代称?

四、《〈苏州园林〉序》和《从〈扬州园林〉说起》这两篇散文,从美学的角度阐释苏州园林和扬州园林,是准确地把握了园林特征的优美的说明文,也可以界定为游记散文。结合苏州园林和扬州园林各自的特色和"共同的欠缺",谈谈你的审美观。

(商金林 编写)